綁架遊戲

ゲームの名は誘拐

東野圭吾

陳岳夫 譯

綁架遊戲

Contents

由不屈的堅持所淬煉出的奇蹟

林依俐

如果你問我，東野圭吾是位什麼樣的作家？

我會回答你，他是位不幸的作家。

你一定會覺得奇怪，光是以《嫌疑犯X的獻身》（二〇〇五）一書，便幾乎囊括了二〇〇六年日本推理文學相關獎項，同書在日本的銷售量更是打破五十萬大關的「暢銷作家」東野圭吾，怎會有什麼不幸可言？

在說明之前，請讓我先簡單介紹一下東野圭吾這位作家。

東野圭吾一九五八年生於大阪，大學畢業後進入汽車零件製作公司擔任工程師。由於希望在工作以外，也能在私生活之中有個較爲不同的目標，所以開始著手撰寫推理小說，投稿日本推理文學代表性的公開徵選長篇小說獎「江戶川亂步獎」。

這並不是東野第一次寫推理小說。早在他十六歲的時候，由於看了小峰元的作品《阿基米德借刀殺人》（一九七三，第十九屆江戶川亂步獎作品）大受感動，之後又讀了松本清張的《點與線》（一九五八）、《零的焦點》（一九五九）等作品。一頭推理熱的他便曾試著撰寫長篇推理小說，而且第一作還是以重大社會問題爲主題。然而由於完成於大學時期的第二作被周遭朋友嫌棄，「寫小說」這件事便從他的生活之中消失了好一陣子。

而獲得亂步獎的夢想讓東野重拾筆桿。在歷經兩次落選後，他的第三次挑戰——以發生在女子高中校園裡的連續殺人事件爲主軸展開的青春推理《放學後》（一九八五）——成功奪下了第三十一屆江戶川亂步獎。之後他很快地辭了工作，前往東京致力於寫作。自從一九八五年《放學後》出版以後，東野圭吾幾乎是每年都會有一到三部甚至更多的新作問世。他不但是個著作等身的多產作家，其筆下的內容也橫跨了推理、幽默、科幻、歷史、社會諷刺等，文字表現平實，但手法卻絲毫不拘泥於形式，多變多樣。

看到這裡，如果你對於近年的日本推理有一定程度的了解，或許你會聯想到宮部美幸——多采的文風、平實的敘述、充滿令人訝異的意外性；但是在兩者之間卻又有著決定性的不同。

那就是——相對於宮部美幸出道約二十年來，陸續囊括高達十項的日本各式文學獎，筆下著作本本暢銷；東野圭吾卻是一直與日本的各式文學獎項擦肩而過，且眞正開始被稱爲「暢銷作家」，也是出道後過了十多年的事。

實際上在《嫌疑犯X的獻身》同時獲得直木獎與本格推理大獎，並且達成日本推理小說三大排行榜——「這本推理小說了不起！」、「本格推理小說BEST10」、「週刊文春推理小說BEST10」——前所未有的三冠王之前，東野出道二十年來所寫下的六十本小說（包含短篇集）裡，除了在一九九九年以《祕密》（一九九八）一書獲得第五十二屆日本推理作家協會獎之外，其他作品雖然一再入圍直木獎、吉川英治文學新人獎等獎項，卻總是鎩羽而歸。

在銷售方面，他也不是那種只要出書就大賣的暢銷作家。在打著「江戶川亂步獎」招牌的出道作《放學後》創下十萬冊的銷售紀錄之後（江戶川亂步獎作品通常都能賣到十萬冊），整整歷經了十年，東野才終於以《名偵探的守則》（一九九六）打破這個紀錄，而真正能跟「暢銷」兩字確實結緣，則是在《祕密》之後的事了。

或許是出道作《放學後》帶給文壇「青春校園推理能手」的印象過於深刻，東野圭吾本人雖然一直想剝下這個標籤，過程卻不太順利。書評家們往往不是很關心他在寫作上的新挑戰。這也難怪，在東野出道後兩年，也就是一九八七年，以綾辻行人等年輕作家爲首，提倡復古新說推理小說的「新本格派」盛大興起。從文風與題材選擇看來，東野圭吾作品用字簡單，謎題不求華麗炫目，內容既不夠社會派又不像新本格，自然不會是書評家們熱心關注的對象。

就這樣出道十餘年，雖然作品一再入圍文學獎項，卻總是未能拿到大獎；多少有機會再版，卻總是無法銷售長紅；傾注全力的自信之作，卻連在雜誌的書評欄都占不到個像樣的位置。

所以我才會說，東野圭吾是個不幸的作家。說眞話這何止是不幸，實在是坎坷，簡直像是不當的拷問。

在獲得江戶川亂步獎後，抱著成爲「靠寫作吃飯」之職業作家的決心，東野圭吾辭去了在大阪的穩定工作來到了東京。這個決定使得他沒有退路，不管遭遇什麼樣的挫折，都只能選擇前進。於是只要有機會寫，東野圭吾幾乎什麼都寫。

二〇〇五年初，個人有幸得以見到東野圭吾本人並進行訪談時，曾經談到關於他剛出道不久時，在推理小說的範疇內不斷挑戰各式題材時期之心境。他是這麼回答的：

「那時的我只是非常單純地覺得自己必須持續寫下去，必須持續地出書而已。只要能夠持續出書，就算作品乏人問津，至少還有些版稅收入可以過活；只要能夠持續地發表作品，至少就不會被出版界忘記。出道後的三、五年裡，我幾乎都是以這種態度在撰寫作品。」

不過畢竟是背負著亂步獎的招牌出道，畢竟是身處日本泡沫經濟蓬勃、推理小說新風潮再起的八〇年代後半至九〇年代，向其邀稿的出版社當然也都希望東野圭吾能夠以「推理」爲主題書寫。配合這樣的要求，以及企圖擺脫貼在自己身上那「青春校園推理」標籤的渴望，東野嘗試了許多新的切入點，使出渾身解數試著吸引讀者與文壇的注意。於是古典、趣味、科學、日常、幻想，在他筆下似乎沒有什麼題材不能入推理，似乎沒有題材不能成爲故事的要素。或許一開始只是爲了貫徹作家生活而進行的掙扎，但隨著作品數量日漸累積，曾幾何時也讓東野圭吾在日本文壇之中，確實具備了「作風多變多樣」這難以被輕易取代的獨特性。

是的，東野圭吾是位不幸的作家。但也因此我們才得以見到，那些誕生於他坎坷的作家路上，由歷經幾多挫折仍不屈的堅持所淬煉而成，在簡素之中卻有著數不清面貌的故事。以讀者的角度而言，能與這樣的作家共處同一個時代，還眞是宛如奇蹟一般的幸運。

在推理的範疇裡，東野圭吾從不吝惜挑戰現狀。從初期以詭計爲中心的作品，漸漸發展出許多具有獨創性，甚至是實驗性的方向。其中又以貫徹「解明動機」要素（WHYDUNIT）的《惡意》（一九九六）、貫徹「找尋凶手」要素（WHODUNIT）的《誰殺了她》（一九九六）、貫徹「分析手法」要素（HOWDUNIT）的《偵探伽利略》（一九九八）三作，可說是東野在踏襲傳統推理小說元素之下，卻又充分呈現了屬於現代風貌的鮮麗代表作。

而出身於理工科系的背景，也讓東野在相較之下，比其他作家更擅長消化並駕馭以科技爲主軸的題材。像是利用運動科學的《鳥人計畫》（一九八九）、涉及腦科學的《宿命》（一九九〇）和《變身》（一九九一）、生物複製技術的《分身》（一九九三）、虛擬實境的《平行世界戀愛故事》（一九九五），還有之後以湯川學爲主角展開的「伽利略系列」裡，東野都確實地將自己熟悉的理工題材，在分解組合後以最簡明的方式呈現在讀者眼前。

另一方面，如同「處女作是作家的一切」這句俗語所述，高中第一次寫推理小說便企圖切入當時社會問題的東野圭吾，由《以前，我死去的家》（一九九四）中牽涉兒童虐待的副主題爲開端，對於社會人心的描寫，似乎也成了他作家生涯的重要課題。例如以核能發電廠爲舞臺的《天空之蜂》（一九九五）、試探日本升學教育問題的《湖邊凶殺案》（二〇〇二）、直指犯罪被害人及加害人家屬問題的《信》（二〇〇三）和《徬徨之刃》（二〇〇四），都在在顯露出東野對於刻畫社會問題與人性的執著。

東野圭吾這種立足於推理，進而衍生至科技與人性主題上的寫作傾向，在發表於二〇〇五年的《嫌疑犯X的獻身》中，可說是達到了奇蹟似的調和，也因爲這部作品，在二〇〇六年贏得各種獎項，讓東野圭吾正式名列「家喻戶曉的暢銷作家」之列。加上這幾年來，東野作品紛紛電視電影化，他的不幸時代成爲過去，並站上前人未達之高峰。二十年來的作家生涯開花結果，創造了日本推理文壇近年來難得一見的奇蹟。

好了，別再看導讀了。快點翻開書頁，用你自己的眼睛與頭腦，去感受確認東野作品中理性與感性並存，而又如此引人入勝的獨特魅力吧！那將會勝於我在這裡所寫的千言萬語。

本文作者介紹

林依俐，一九七六年生。嗜好動漫畫與文學的雜學者。曾於日本動畫公司GONZO任職，返國後創辦《挑戰者月刊》並擔任總編輯，現任全力出版社總編輯，另外也負責線上共享閱讀平台ComiComi（http://www.comibook.com/）的企畫與製作總指揮。

人性偵探東野圭吾　東京現場直擊

採訪　劉黎兒

東野圭吾是從二十年前出道後，便不斷推出形成話題的痛快傑作的的天才型作家，現在是位於當代日本推理小說家最巔峰的少數幾人之一，創作領域廣泛，超越傳統推理的框架，具有透視時代的能力、嚴密細緻的結構以及因果關係，並精彩刻畫人活著本身的無奈、喜悅，加上豐潤的物語性、高度的社會性，作品思想深度不斷加強，卻不曾意圖賣弄純文學性，充分確保推理小說的娛樂性，展示眞正的大眾小說作家的典型。

東野作品的細膩精準，或許與理工科系出身的背景不無關係。東野原本在日本一家大電機廠家擔任工程師，一九八五年以《放學後》得到江戶川亂步獎，九九年以《祕密》獲日本推理作家協會獎以及入圍直木獎，其後共入圍直木獎五次，創作出各式融合型的新種推理小說，確立了東野在文壇屹立不搖的地位；作品近年來如《祕密》、《綁架遊戲》（電影片名爲g@me）、《湖邊凶殺案》、《變身》、《時生》等均相繼搬上大銀幕或是拍成連續劇等，其中如《祕密》甚至對於韓片等都發生影響，東野已成爲亞洲規模的重要作家，也是台灣推理迷喜愛的超級寵兒。

經過長期的安排與等待，二〇〇五年終於在東京專訪到這位身材修長的日本男作家中難得的美男子東野圭吾，在相當貼近的距離裡訪談，是十分興奮而值得炫耀的，這也是東野首次接受華文媒體的採訪。以下爲訪談內容：

問：您從出道以來，便不斷向各種新領域挑戰，像是初期的校園推理，各種運動推理，科幻小說般的作品，也有社會性很強的核能發電、變性、腦移植等作品，及黑色幽默的小品，如果在不同時期閱讀，認識的就是不同的東野，要是不讀您最近的作品，便又不能了解「東野世界」已換新面貌，不知道您爲何如此不斷嘗試、挑戰？每次更換領域是否有什麼契機？

東野：最大的理由是反覆一直寫類似的東西，我會生厭，另外，我對許多事物都有興趣，所以有時會想寫自己關心的主題。這樣一路寫下來，才會每次都變成不同風格的作品。

問：不過，要開拓新領域不是那麼簡單的事，人總有擅長與不擅長的領域，您是如何培養這樣的本事？您曾經表示喜歡找一些不擅長、較弱的領域來挑戰，又是怎樣的創作心理？

東野：的確，擅長的領域寫來輕鬆，不過人往往會關心不同的主題，還有許多終究不能不寫的主題。喜歡、擅長的領域，不需要壓力也總會去寫的，所以我反而會挑最不想寫、最不拿手的主題來嘗試，而不會往後順延，至少我的內心對這點一直是特別留意的。

問：畢竟這不是一般人做得到的，通常都會從容易著手的開始，是意志的問題嗎？

東野：我想是「專業」吧！

問：但向陌生領域挑戰，往往會遭遇瓶頸吧？

東野：當然，而且是經常遭遇瓶頸。

問：眞的嗎？從作品裡完全看不出有什麼瓶頸、掙扎，教人不禁相信您是不管哪類作品都能寫的天才。如果有瓶頸，您是怎麼克服的？

東野：我棘手的領域非常多，例如，我的小說裡寫過古典芭蕾，但老實說，我對古典芭蕾完全興趣缺缺，爲了了解其中奧妙，一年去觀賞了二十次。

問：所以，您是故意選這種主題？如果沒有寫作的契機，您或許一輩子都不可能去觀賞古典芭蕾？

東野：是的，我勉強自己去探求陌生的事物，因此邂逅了古典芭蕾。

問：或許古典芭蕾是您棘手的領域，其他您也寫過關於運動的推理小說，包括弓道、滑雪、棒球等，像是著名的《鳥人》、《魔球》，應該算是您比較擅長的領域？您本人是運動健將，不過眞的能精通百般武藝嗎？

東野：的確，我很喜歡運動。不見得是想寫成小說，只要關於運動，我都會想徹底了解。因爲是眞心喜愛。

問：您挑戰過數不清的領域，現在還打算挑戰哪些新領域？或許算是商業機密，但是否能告知呢？

東野：有的，只透露一點點，我目前在考慮寫歷史方面的推理小說。

問：您寫過關於未來的推理小說，至於歷史，您關心的範圍是到什麼程度呢？

東野：是描寫明治時代歷史事件的小說。這是日本出版社的編輯也都不知道的事，所以不便多說。

問：您對於自己的挑戰永遠充滿自信嗎？

東野：我一直都是處於不安的狀態。

問：是嗎？跟作品呈現的感覺有很大的不同呢！您從一九八五年成爲專業作家至今正好滿二十年，曾經因爲《怪獸少年》而想成爲電影導演的你，對於現在成爲作家的自己有什麼看法？

東野：現在不再夢想成爲電影導演，我覺得成爲小說家很不錯。

問：怎麼不錯法？例如，不用上班？

東野：當然不必上班很重要，但最重要的是我獲得一個人也能活下去的自信。

問：您的推理小說跟其他作家很不同的是會跟許多領域融合，是一種融合型的小說，這是您意圖如此做的嗎？

東野：因爲每一種領域都有其長處，我想截取這些不同的優點。

問：您的作品也有許多標榜純粹講究邏輯的「本格推理」小說，如《誰殺了她》，讀了之後，我發現蘊含更深厚的內涵，並非單純解謎，光是「本格推理」無法滿足您嗎？

東野：寫正統本格推理的人很多，所以我沒有必要特別去寫，我想寫只有我才能寫的作品。

問：您對「本格推理」的看法爲何？裡面包含什麼要素？

東野：我覺得「很理論性地解謎」的作品就算是「本格推理」，但如果在敘述中謎團即逐漸解明，或謎底是歸諸於很情緒性的原因，便不算是本格推理。

問：您的作品最後的謎底常常是源自於人性或人際關係，是不是您眞的認爲社會上發生的案件，其根源就是在此？

東野：我現在喜歡這類的謎，但或許是對於「本格推理」，我已不像年輕時有那麼多idea了。

問：眞的是這樣嗎？不會吧！寫了二十年，經驗應該更爲老道吧？

東野：不，頭腦現在比較僵硬了。

問：如果您再向新的領域挑戰，應該又會有新的想法出現吧。還有，可能也是因爲您現在比較成熟，下筆也比出道時愼重多了。

東野：或許吧。

問：您的作品像是《宿命》、《時生》等，都跟記憶和時間有密切關係，原因何在？有什麼特別的體驗嗎？

東野：不知道算不算體驗，但對於過去的事，我似乎比別人記得清楚。當時不覺得怎樣或是不以爲意的體驗，長大成人後才發現有些是相當重大的事，才明白其中有深厚的涵意，而那些感動、後悔，都成爲小說的題材。

問：這樣說來，記憶力強眞是好處多多！您的作品很喜歡玩時間的遊戲，《時生》、《宿命》、《平行世界的愛情故事》、《從前，我死去的家》等作品，運用時間、記憶來捉弄人，一下回到過去，一下跳入未來，您對時間順序的感覺似乎也不同於一般人。

東野：基本上，我不喜歡「時光機」（time machine）。一旦時間改變，許多事物都會改變，人也會發生變化，所以時空變遷的力量非常驚人。比起其他作家，我更重視這點。

問：據說您爲了寫《宿命》，曾經花了三個月製作一份時間表？

東野：是的，因爲情節是從孩提時代開始，涉及兩代人，時間跨度很大，而每一個節點的背景都絲毫不能有誤。

問：像您這樣對於時間變化如此敏感的人，在日常生活中是否也有不同常人之處？

東野：我很會安排、訂定日程表，並確實按表行事。

問：太恐怖了，那也會嚴格要求別人嗎？如果遭遇意外，無法按表行事時，豈不是會陷入憂鬱狀態？

東野：與其說是嚴格要求別人，主要是我隨時都有份時間表，通常會做某種程度的保留，來對應可能出現的意外，也就是確保必要的時間、金錢，讓自己有餘裕處理。

問：不僅時空的變遷很多，您也有不少是關於人格對調、變換的作品，如《宿命》、《變身》、《祕密》、《分身》、《時生》、《從前，我死去的家》等，是不是您曾經對於什麼是眞正的自己有過懷疑呢？

東野：有一段時期，我的確對於自己的存在本身相當在意，想得很多，比方，現在是腦認爲、認識「我是我」，但像在《變身》中，腦袋裡移植了他人的腦時，是否還算是自己？或是，記憶遭到篡改時，是否還算是自己？還有，如果肉體遭到複製，是否也還是自己？我曾經對於各式各樣「自己」存在的可能性，非常感興趣。

問：那麼，您覺得「自己」本身是很不確定、曖昧、模糊的存在，因而覺得「自己」本身崩潰很恐怖嗎？

東野：那個時期，我發現原來「自己」是很複雜、很脆弱的。

問：提到複製人，您的作品如《分身》於一九九三出版，較世間爲了複製人的議題騷動更早，並且如二〇〇一年的《單戀》是描寫性別認同障礙的故事，也是出版後日本才揭發相關事件。您比日本社會早了好幾步留意到這些問題，反對將有如此障礙的人視爲需要治療的社會少數，為何能有這樣的先知先覺？

東野：是的，關於複製人，我剛寫的時候，各界認為完全是杜撰的故事、虛構的童話，並未多加理會，但兩年後複製羊誕生，這才引起矚目。

問：簡直像是有預言能力的天才，這是如何做到的呢？如何才能走在時代尖端？

東野：我經常會盡量將各種資訊都採擷進來，並且習慣隨時思考其中有什麼問題。

問：《惡意》、《殺人之門》等都相當強調殺人的動機，動機與無底深淵般的惡意、殺意相關，為何會以動機為焦點寫了這麼多作品呢？

東野：由於有動機，外在的震撼舉動才會明確地表現出來。先有動機才產生了殺人案件，而我會很想去探求動機究竟何在。

問：《偵探伽利略》、《預知夢》系列中的天才物理學家湯川是最貼近您本人的角色嗎？因為是學理工出身，又具有豐富的科學知識。

東野：不，其實每部小說中的人物都是從既有的自己採擷一部分創造出來的，所以不論哪個人物都有自己的影子。

問：日本古典的推理小說，如松本清張的小說都非常注重動機，不過現實社會裡「無動機的犯罪」不斷增加，您的作品裡卻依然相當執著於動機，像是《惡意》中還有十分詳盡的描述，您對動機的看法如何？

東野：動機當然是非常重要的因素，但逐漸不像過去那般受到重視了。因爲犯罪的發生不僅僅牽涉到動機，還有人性、環境等條件交互影響了才會引發犯罪，應該將這些條件一一放在燈光下檢驗。

問：基本上動機是存在的嗎？

東野：犯罪行爲理應存在動機，但現實上居然是相當稀薄的，此時便應該檢討爲何如此稀薄的動機也會引發犯罪。

問：您作品中的基本設定幾乎都是非常生活的，尤其在有關人際關係的部分描繪得頗爲精準而且具有普遍性，跟別的作家的推理小說很不相同，這是基於強烈的意識嗎？

東野：我對人本身的描繪都盡力求接近眞實，不是勉強，而是接近自然。例如，《祕密》是母親的靈魂寄宿在女兒肉體中的非現實設定，登場人物便不能是非現實的，一定要眞實自然地描寫，才會讓虛構的故事具有眞實感。

問：您的作品往往都有意外的結局，似乎重點放在結局，並非詭計，讀者都被狠狠地騙了，這也是故意的嗎？

東野：是的，我喜歡這樣做，比較刺激。

問：所以，您算是樂在寫作過程中？

東野：那是最重要的，但寫作本身很艱苦！

問：不過，要如何維持意外性？您的作品不少是先有連載，連載的情況，常常無法修改情節，是一開始就算計好在哪裡要讓讀者吃驚嗎？還是，邊寫邊想？

東野：幾乎都是邊寫邊想。

問：不既要前後連貫，又要製造意外的高潮，是相當困難嗎？

東野：所以每次都苦不堪言呢！刊登出去的文字無法收回，常常在下一次要寫時，才覺得後悔、糟糕。不過，開始設法補救時，反而會出現至今沒想到的新主意，也就是說，反而可能有意外的收穫，結果往往比按照原先都想好、決定好的底案來寫更好，因此會有更好的作品誕生。

問：您的作品裡不時有許多孩子出現，而且比大人聰明懂事，比方《湖邊凶殺案》或是早期的學園系列，有許多學生比老師更講理。您是否認爲，大人一定比小孩更有智慧？小孩不相信大人，是否與您的成長經驗有關？

東野：是的，與其說是小孩比大人聰明，其實是大人不見得比小孩聰明，不是大人就比較偉大。

問：小孩反而看到許多大人沒看到的事嗎？

東野：孩提時期我不太信任大人，變成大人之後，我也不覺得孩提時代的想法是錯的。

問：雖然您的作品仍會以小孩爲主角，不過已不寫校園推理，是否完全從校園作品畢業了？

東野：那是因爲我沒有自信描繪現在的高中生了，我想盡量描寫等身大的人物，盡可能讓自己化身爲小說中的主角。

問：您最早的作品問世時，是二十五歲，當時寫高中生還很接近，您最近的作品則有作家、編輯或是大學助教授等，是否身邊的人物比較容易塑造？

東野：雖然比較容易，但盡量不以這些人物當主角。

問：不過，《湖邊凶殺案》卻依然以小孩爲主角，爲什麼？您不是遠離孩提時代了嗎？

東野：我想描寫欠缺自信的父母，社會上這樣的父母很多。父母欠缺自信的狀態孩子是會感受到的，我想描寫這種感覺。

問：這部小說是以升學考試爲題材，您對此有興趣嗎？

東野：爲了寫作，我稍微研究了小孩的升學考試，另外，朋友的經驗也非常值得參考。身邊有許多朋友對孩子的升學非常熱心，我很同情他們。

問：您一直都會從完全不同的觀點來看待案件，有從刑警的角度，也有從犯人的角度，最近則多討論到加害者家屬或受害者家屬的立場，如《白夜行》、《徬徨之刃》等。您對於犯罪本身的看法如何？

東野：我覺得有關犯罪方面的討論非常不足，《徬徨之刃》是針對少年犯罪，以遺族的

「復仇」爲主題的小說。我聽聞、見識許多有利於犯罪者的社會矛盾，從以前便覺得這是很奇怪的狀況，媒體也鮮少討論，對此有點不滿，於是用小說的形式來表達，因爲社會並沒有一個體系能救贖受害者家庭那種情何以堪的悔恨。

問：那麼，您對於犯罪的裁決的看法如何？

東野：日本法律未免太寬容加害者了。我覺得人能活下去，最重要的是生命，其後順序或有不同，大致爲時間、金錢、人權。如果有一個人被殺，遺族想「復仇」，就是要加害者的命，不過現代的刑罰，是加害者收監，也就是奪取犯罪者的時間，但頂多判處七至十年便得赦免。像是二十歲殺人，服役到三十歲便出獄，時間很短，實際上或許比十年還短，這是受害者家屬無法接受的。只有剝奪時間是不夠的，但也不能剝奪錢，否則有錢人豈不是能殺很多人？所以，至少應該相對地剝奪犯罪者的人權，而犯罪者和其家屬當然會遭到歧視，這也是嚇阻犯罪凶惡化極爲重要的概念。日本社會對於犯罪凶惡化及每天發生一萬件犯罪的情況相當痲痺。

問：您是否曾接觸到犯罪者家屬，才寫出這類小說？是否經過一番採訪呢？除了與核能發電相關的《天空之蜂》以外，您似乎很少去採訪，那是一種奉行的「主義」嗎？

東野：是的，基本上我不喜歡爲了寫小說特意去採訪，而是在平時就吸收許多資訊、知識，等待作品自然誕生。像是性別認同障礙等問題，究竟什麼時候才會寫我並不知道，只要有興趣的事物便會去查閱、蒐集，或是跟相關的人士見面，並不是有寫小說的念頭之後才進行採訪。

問：那就是等題材自然形成嘍！有的會很耗費時間吧？

東野：非常花時間。

問：有可能現在寫的是好幾年前就想到的事？

東野：是的。

問：那似乎很累人，等於是平時要埋下許多種子才行？

東野：是的，每天每天都要去吸收探求。今天做的，明天不會有結果，五年後能收成就不錯了。

問：那麼，您平時如何吸收埋種呢？

東野：跟人接觸時，會有許多話題，例如有人問起我是否喜歡歌舞伎，其實我現在談不上好惡，因為我根本沒注意，那是我不擅長的領域。但我不會這麼說，反而會回答：「我有興趣，想去觀賞一次！」即使沒興趣，也絕對不說出口。

問：就算是做表面，也要有好奇心？

東野：應該說，絕對不表示沒興趣，這樣下次別人可能會來邀你一起去。一旦有人邀請就去，去了絕對會有所發現。透過人際關係，接觸一些不擅長的領域，不斷增加內心儲備題材的抽屜數目。

問：現在您內心的抽屜有多少個呢？

東野：我沒有數過。

問：等於是無時無刻對任何事物都得感興趣？

東野：是的。

問：您的作品有許多都搬上銀幕、電視等，對於自己的作品影像化感覺如何？

東野：影像化是由專業人士負責，他們知道如何製作才能吸引觀眾，我是素人，不該干預。透過影像化，能讓更多人閱讀原著是最大的優點。

問：像是《綁架遊戲》男女主角藤木直人和仲間由紀惠在台灣很有人氣，您覺得如何？

東野：一般反應這片拍得很有意思。

問：這部作品中的綁票和一般的綁票完全不同，怎會興起念頭要這樣寫？

東野：我想挑戰不同的觀點，也就是不一味從刑警的觀點，而是只從犯人的的觀點來描述的綁票，男主角也設定是討人厭的傢伙。我希望寫一次與既有的作品不同的設定、不同味道的綁票。

問：您的小說結局常常是相當苦澀的，跟您對人生看法有關嗎？

東野：大概是受到孩提時代流行的漫畫，如《小拳王》或《巨人之星》的影響，結局都不是圓滿的，覺得苦澀的結局比較瀟灑。

問：您的推理小說不少是具有SF（科幻）氣氛的，按理SF與推理很難兩立，您是如何融合兩者？難道是有天才般的平衡能力？

東野：我沒有故意融合，而是想定一個題材，便希望寫得有意思些，就算最後不是推理小說也無所謂。

問：所以，一開始是以相當自由的心情來寫？

東野：是的。

問：像《偵探伽利略》中出現的湯川助教授是理科的天才，這是最接近您自身的人物嗎？

東野：基本上，小說中任何人物都有作者的投影，湯川甚或犯人都有我自身的存在吧。

問：您的作品和科技相關的比率相當高，雖然自認是「非理科人」，還是無法從理科出身的宿命逃出來吧？

東野：或許吧，不過科技和我、和作品的關係，大概跟運動和我、和作品的關係是一樣的。

問：您的作品最近文學性愈來愈高，是否爲自然的趨勢？

東野：眞的嗎？非常感謝，我並無意如此。

問：您的作品很少提到外國，只知道您去過加拿大的博物館等，您到過亞洲其他國家嗎？

東野：我不是沒有興趣，只是沒有具體目的，身體就不怎麼想動。

問：那您一定要來台灣，請絕對不要說「我沒興趣」，或許在台灣會有新發現，至少是不同國家、文化的人在讀您的作品。不曉得有可能將訪問台灣排到您的日程裡嗎？

東野：那或許是很重要的動機，也不是不可能的。

綁架遊戲

1

當她說出「結婚」這兩個字的瞬間，我同時也對她失去了興致。不管是她豐滿的胸部、長長的美腿，還是光滑細緻的皮膚，看起來都只像展示櫥窗裡的模特兒的一部分。

朝她露出掃興的表情後，我下了床，穿上丟在一旁的四角內褲，照著鏡子整理亂七八糟的頭髮。

「什麼嘛，那種表情！」她坐起身，撩撥著長髮。「不需要那麼露骨地擺出討厭的臉色吧。」

我連回答的情緒也沒了。望向鬧鐘，早上差五分八點，時間剛剛好。我切掉即將在五分鐘後響起的鬧鐘開關。

「我二十七歲了，」表現得這麼明顯了，她還繼續說：「問問這樣的話也是應該的吧！」

「我說過，從來沒有考慮過結婚。」我背對著她。

「你是說不怎麼考慮，並不表示完全不考慮。」

「是嗎？」

反正就這麼一回事，要是爭辯到底反倒無聊。我在床邊做起伏地挺身。節奏很重要，出力時要吐氣，完全依照健身房教練的指導。

「喂，你生氣啦？」

我不回答，因爲會算不清楚到底做了多少下伏地挺身。二十八、二十九、三十，到這裡開始有點吃力了。

「那麼，我要問問，你對我究竟有什麼打算？」

「沒有特別的打算。我喜歡妳，會想好好抱妳，所以跟妳上床。就只是這樣。」做到第四十二下時體力不支，我順勢躺在地上，將雙腳伸入床下，準備做仰臥起坐。

「所以，你並沒有考慮結婚。」

「一開始就說過了吧，我不曾考慮這件事。我和妳不一樣，從未考慮過，現在不會，以後也不會。」

「要是告訴你，我討厭這樣呢？」

「沒辦法，妳去找想結婚的男人吧，以妳的條件很容易就能找到。」

「那麼，你是對我厭煩啦？」

「沒這回事，我們交往不過三個月而已。但既然想法不一樣，只好死了這條心。」

她安靜了下來，不知道在想什麼。自恃那麼高的女人，應該不會吐出不得體的話吧。在她沉思默想之際我開始做仰臥起坐。年過三十的男人，肚子很容易長贅肉，所以這是每天早上不可欠缺的運動。

「我走了。」她說完便下床，和我預料的回答幾乎一樣。

就在我做仰臥起坐的時候，她穿上衣服。黑色洋裝，沒有補妝，手裡拿著包包。

「我是不會打電話來的！」她丟下這句話後離開屋子，我橫躺在床邊聽著。

雖然她是個身材很好的女人，但也只能這樣了。要說是鍾情於她的肉體也無可厚非，因爲我實在沒有與她共度一生的念頭。當然，只要在結婚這件事上敷衍一下，還是有辦法繼續和她交往，等哪天眞的厭煩，再提出分手就好。但這種做法跟我的個性不符，不是良心不安，而是嫌麻煩。至今爲止談了數不清的戀愛，其中不乏不斷堆積謊言和妥協而持續交往的經驗，最後倒也練就一身不會惹上麻煩的本事。

沖澡，面對鏡子刮鬍子時，剛剛出去的那個女人的事也就拋在腦後了，取而代之的是其他兩個女人的名字。一個是剛入行的模特兒，另一個只是普通的上班族。這兩個人的手機號碼我都曉得，卻不曾打給她們，模特兒倒是打過幾次電話來。其實，上班族小姐是我喜歡的型，但上次一起喝酒時，沒讓我有特別心動的感覺，也沒那種要動用各種手段追她的衝動。不過，並非她不夠格，而是我忙到沒有時間。

煎個火腿蛋，烤片吐司，再溫罐頭湯當早餐。最近蔬菜的攝取量有些不足，冰箱裡應該還有花椰菜，我決定今天晚上放一堆花椰菜做成焗烤飯來吃。

我邊穿西裝邊順手打開電腦，檢查一下電子信箱，有幾封和工作相關的信件。其他都是垃圾郵件，前幾天去的一家俱樂部的小姐的信也在裡頭，我看都不看就先刪掉。

出門時剛過九點。從起床到出門差不多花上一個多小時，看來我對於時間的運用還是不太行。快步到地鐵車站要七分鐘。

公司位在港區。十五層建築的第九、十樓，是「賽博企畫公司」的辦公室。我在十樓走出電梯。

來到自己的座位一看，有張寫著「請到我的辦公室來　小塚」的紙條貼在電腦上。我放下公事包，直接步向通道。

社長室的門開著。門要是關著，除非是緊急狀況，否則是沒有辦法見到社長小塚的。反過來說，門要是開著，隨時都能去找他。這是小塚的作風。

小塚正與女職員談著什麼事，一看到我走進來，便草草結束話題。

「之後的事就交給妳，總之不要再用那個設計師了。」小塚對著女職員說。女職員回答「知道了」走出社長室，錯身而過時輕輕點頭和我打招呼。

「她真的是負責開發新電玩軟體的製作人？」

「是啊，電玩的銷售滿難的，」小塚闔上攤開在桌面的資料。「把門關上。」

不是是賺大錢的案子還是什麼嚴重的事情，他似乎猶豫著要不要說。我關上門，走近他的辦公桌。

「日星汽車那邊來了消息。」四十五歲的社長開口。

「總算決定了嗎？那麼，接下來就是第一次的正式會議，這週我隨時都能奉陪。」

但小塚只是坐著，毫無表情地搖搖頭：

「不是這樣的。」

「不是汽車公園的案子嗎？」

「是這件案子。」

「意思是，還需要一些時間才能決定？」

「不，決定了。剛才收到通知。」

「所以是……」

「計畫中止。」

「咦？」我不明白是什麼意思，向前跨了一步。不，我很了解是什麼意思，只是無法相信這個太過荒謬的結果。

「對方要求中止。汽車公園的計畫，全部歸零。」

「什麼啊……怎麼可能！」

我以爲是小塚惡意的玩笑，但從他的表情完全看不出一絲輕鬆的意味。我有一種血液倒流的感覺，全身的體溫彷彿上升了兩度。

「我也無法相信，」小塚搖搖頭，「居然到這個階段才喊停。」

「到底是怎麼回事，可以說明一下嗎？」

「詳細的內容我今晚會問清楚。今晚有個會談。不過，就對方來說，只是例行提出最後通知。」

「是完完全全歸零嗎？還是實現的可能性比較低而已？」

「可能性等於零，汽車公園的企畫已是廢案。」

我握起右拳打向左掌。

「都進行到這種地步了，爲什麼忽然……」

「負責人也相當困惑的樣子。」

「那是一定的！到底……爲了這個企畫我們花了多少的時間……」

「對方保證會支付到目前爲止所有的費用。」

「這並不是錢的問題吧？」

「嗯，是啦！說來也是。」小塚搔了搔鼻子。

我雙手插進口袋裡，在辦公桌前走來走去。

「日星汽車方面表示，他們想藉許久未舉辦的新車發表會，盛大進行宣傳，並藉機提升國產車的形象，所以希望像是車展的活動，卻又不想單單只是展示會，才借重我們的智囊。當初不是這樣說的嗎？」

「當然。」

「不找大公司，而是找我們這種中型公司，除了預算的考量以外，就是期待能有一些嶄新的創意，他們是這麼說的吧。」

「如你所說。」

「但現在可好，整個企畫都完成了，只等他們下達執行的口令，他們卻又退縮了，這是傲視天下的日星汽車嗎？」

「好啦，不用那麼生氣。這是至今我們接到的數一數二的大案子，我知道你投入相當多的心力。不過，是客戶自己跑掉，我們也沒辦法。以後恐怕還是會遇上這種情況。」

「要是一而再、再而三地遇上這種事，我可受不了！」

「最慘的是我，還得重新盤算一下事業計畫。日星說會給我們其他的案子，不過也不必太期待啦。」

「反正就是請我們找偶像明星拍一些ＣＭ(*1)之類的吧。今天晚上的會談，我也一起去，好嗎？」

「啊，這倒不用，」小塚伸出張開的右手，比了個阻止的手勢。「你去了只會跟他們吵架，我們就這樣退下來，還能做個人情。」

這很像生意人小塚的思考方式。我再次體認到，他不是創意人，而是經營者。

我嘆了口氣，再問：「那麼，專案團隊就解散了嗎？」

「只好這樣了。今天晚上我問清楚來龍去脈後會寄e-mail給你，你再根據內容發通知告訴其他成員吧。」

「一定會有人比我更生氣。」

「應該吧。」小塚聳聳肩說。

這一天，我一直在公司待到傍晚，卻什麼事也不能做。怎麼會這樣？這個問題一直在胸口翻騰。我早早離開公司，前往健身房。

騎了約四十分鐘的腳踏車，流了滿身的汗，離爽快的感覺還有一段距離。像拚了命一樣地做了一些重量訓練，不過也是徒增痠痛而已，最後只做了平常訓練的七成左右就去沖澡。

走出健身房時，行動電話響了。螢幕上顯示的號碼依稀有印象，但一時想不出是誰。

「佐久間嗎？是我，小塚。」

「啊，社長。跟日星談完了嗎？」

「談完了，有些話想跟你說。我在六本木，你要過來嗎？」

「好啊，約在哪裡？」

「『莎比娜』，你知道吧？」

「知道，我三十分鐘後到。」

掛斷電話，剛好有計程車經過，我舉手招車。

「莎比娜」是某健康食品公司爲了避稅而經營的一家俱樂部。我和小塚一起去過兩、三次。這家店只是寬敞、豪華，接待小姐也比較多而已。室內裝潢像是裝飾過度的蛋糕，光看就覺得是錢堆出來的，令人倒盡胃口。我一直在想，要是讓我經手，花一半的預算就能打造出一家高尚的俱樂部。

下了計程車，搭建築物旁邊的電梯上樓。

俱樂部門口站著一身黑衣打扮的服務生和高䠷的金髮女郎。穿黑衣的服務生用著過於有禮貌的口吻致意，金髮女郎則操著結結巴巴的日語打招呼。

「小塚社長應該到了吧？」

*1 電視廣告影片。

「是的，小塚社長到了。」

走進俱樂部後，空間分左右兩邊，往左邊是一般的餐桌座席，右邊是吧檯。我被帶領到右邊，但小塚不可能坐在吧檯等我。更裡面有個給特別來賓用的ＶＩＰ房間。說來小塚也不是什麼特別重要的上賓，只是他認識議員，便多少有了些無理的特權罷了。小塚現在也擔任這位議員的形象戰略顧問。

ＶＩＰ房裡，小塚和兩名女郎喝著軒尼詩白蘭地的ON THE ROCK。一看到我，他輕輕舉起手。

「要你特地過來，眞不好意思。」

「不會，我也很在意這件事。」

小塚似乎頗能理解地點點頭。

接待的女郎問我要喝什麼，我回答「純的」。ＶＩＰ房內設有專用吧檯，接待女郎從吧檯拿來白蘭地杯，倒進軒尼詩，我卻提不起興趣馬上喝一口。

「對不起，我們有一些話要說。」

小塚說完，兩位金髮女郎應酬式地笑了笑，走出房間。

「是什麼話呢？」我問。

「嗯，大致上知道是怎麼回事了，好像是前幾天重要幹部會議時決定要先喊停。」

「這個我知道，我是想知道理由。」

「理由嘛，」小塚搖晃著杯子，冰塊敲擊杯子發出聲響。「花這麼大的力氣做卻不一定看得到效果，簡單地說就是這樣。」

「看不到效果？是誰的判斷？就是評估有效果才決定要做啊！」

「婉轉的說法似乎沒辦法說服你，那我就直說了。對汽車公園提案有意見的，是新就任的副社長葛城先生。」

「葛城，是會長的兒子……？」

「是葛城勝俊先生。他一個人主張要全部重新來過。」

「由於少爺一時興起，我們花了幾個星期企畫的內容就這樣一筆勾銷，是嗎？」

「那個人可不是光說不練的少爺。他曾經在業務、販售，還有行銷等部門累積許多實務經驗，之後又被派到美國分公司踏實地受過市場技術訓練。雖然年紀輕輕，以不到五十歲的年紀就任副社長，但除了是會長的兒子這一點之外，完全沒有人敢批評他實力不夠。」

「小塚先生，今天晚上你見到他了嗎？」

「見到啦，他有一對老鷹般的眼神。眞是敗給他了，完全不笑的一個人。」大概眞的是被對方的氣勢壓倒了吧，小塚一口氣將杯子裡的液體灌入口中。

「完了，獨裁者上場。」我也伸手去拿白蘭地杯。

「葛城先生提到要再給我們一次機會。」

「哦？」我拿著杯子，看著年輕社長。「這樣就另當別論了。我們將企畫好好地重新修正，讓他挑不出缺點。」

「當然，但對方提出兩個條件。一個是將環保問題擺在前面思考，不只是廢氣排放和節省能源，還要能呈現出日星汽車在製造過程當中就考慮到環保問題。」

「聽起來會變得很沉悶。嗯，另一個條件是什麼？」

「嗯……這個嘛……」小塚在自己的杯子裡倒了酒，故意不看我的眼睛。

「還有一個條件是怎麼說的？」我再問了一次。

小塚嘆一口氣，才開口說話。

「團隊組員全部換掉，尤其是組長佐久間駿介，他是這樣說的。」

儘管清楚聽見自己的名字，我卻無法馬上理解這話的意思。不，就是聽到自己的名字，才難以接受吧。

「把我換下來？」

「葛城先生似乎徹底調查過你至今經手的案子，並依調查的結果得出結論。你好好聽著，這可不是我說的，是葛城副社長說的。」

「請說吧。」

「佐久間先生的做法很新奇，或許在短時間內會受到大眾矚目，但欠缺長遠的眼光。他的企畫案有一種單純易懂的特色，卻無法深入掌握人心。以遊樂園爲基礎去辦一個新車活動的想法並不新穎，而且膚淺。日星希望在賣出汽車的同時也能讓人買到驕傲，可是根本不會有客戶爲了得到驕傲去遊樂園。希望下次能交給『能看到未來之後的未來』的人負責——以上是葛城先生的話。」

我拿著杯子一動也不動，只覺得滿腔的憤怒與屈辱，一出聲就會忍不住怒吼，身體一動便會摔杯子。

「有聽漏什麼嗎？」小塚問，我搖搖頭。

「意思是，賽博企畫的佐久間是無能的……」

「沒那麼嚴重，只不過是和葛城先生的方針不同罷了。」

「那不是一樣嗎！葛城先生一定是想說自己最優秀吧。」我一口喝乾白蘭地，辛辣的刺激一路從食道下竄到胃裡。

「總之，我們只能接受他的條件。明天我會跟杉本說一下。」

「杉本來接我的位子嗎？」

「只好這樣了。」

「專門辦演唱會的杉本啊……」我對著他笑，皮笑肉不笑地虛張聲勢。

「話就說到這裡。」

「明白了。」我站起來。

「再喝一點如何？我是專陪喝悶酒的。」

「請不要勉強。」我輕輕舉起雙手。

小塚點頭，小聲說著「是有點勉強」，喝了一口酒。

走出「莎比娜」，我不想馬上回家，便到另一家去過幾次的酒吧。坐在吧檯的一端，乾掉一杯純的波本威士忌，然而，吞了鉛塊般的感覺仍沒能消解。無法深入掌握人心的動向、想法膚淺、希望下次能交給「能看到未來之後的未來」的人負責，一字一句都將我內在的某些平衡瓦解。

開什麼玩笑！我這樣想著。從大型廣告代理商跳槽四年了，期間我經手企畫的商品沒有一個不賣。我敢自信地說，不管是物品或人，是寶物還是垃圾，哪一個不賣？一個無法深入掌握人心動向的人，哪有這種能耐！

心情沒有得到救贖，腦袋已一片茫然，於是我走出這家店。來到大馬路，我攔下一輛計程車。

「請問要到哪裡？」計程車司機問。

茅場町，應該這樣回答，因為我的公寓在那裡。然而，我的心裡被一股突如其來的衝動襲擊，或者說我起了歹念。「田園調布！」接著，我補上一句：「日星汽車的葛城正太郎會長住在那裡吧？就到附近。」

「喔，那是棟大房子呢。」司機知道那個地方。

2

那是一棟大得有點離譜的西式建築，要是沒有掛著葛城宅的門牌，會讓人以為是什麼大型的機關行號。大到卡車都能通過的門口，有著複雜花樣的門扉。大門的兩側各有一座鐵捲門式的大車庫，想必不管是賓士還是勞斯萊斯，都可以輕輕鬆鬆停上四輛吧。圍牆的另一邊栽種著各式各樣的樹，看起來像是小森林。從小路往裡看主建築物的屋頂都有點吃力了，抵達主建築物應該還有段距離，恐怕從大門走到玄關都會腳軟吧。

我沒有接近這幢超大的房子，因為我注意到門柱上裝了監視攝影機。當然，想必其他的地方也都裝了。就是這樣我才會在離房子頗遠的地方下車，現在也還有二十公尺遠吧。剛好有輛休旅車停在路旁，我就躲在車後面。

我心裡盤算著，去見見葛城勝俊。直接見他，好好質問他一番，搞清楚他到底不滿意佐久間駿介哪一點，到底是哪裡叫「想法膚淺」。光是小塚的說明不夠，我完全無法接受。

然而，看著這幢宛如巨大要塞的房子，我只能搖頭。在這種時間來見葛城勝俊，他未必會答應，被請出門的機率可想而知。即使報上名字大概也沒什麼用，搞不好還會被說是過氣的廣告人。就算見到他，此刻的我渾身酒臭，頂多被當成是借酒壯膽，葛城大概會立刻下逐客令吧。

本來就是借酒壯膽。向計程車司機說出去處時，我早已氣得七竅生煙。

然而，我卻什麼都沒做。我害怕眞正殺到敵人的面前，又害怕什麼都沒做就撤退的屈辱感。不過，也只能這樣吧。就算想了一堆不發動攻勢的理由，終究是一種自我辯解罷了。緊接著屈辱感而來的是氣憤，我對自己感到憤怒。這個叫佐久間駿介的人，做出這種小人行逕是想怎樣？

一切重來，醉意消退後我在心裡下了決定。這不是落荒而逃，我一定會和葛城勝俊一決勝負。而且，這場對決要有我的風格，一定要有周全的計畫才行。

我伸出手指著大房子，在心裡說著：你給我等著，葛城先生。我一定會讓你知道我的實力！

就在這個時候，眼角餘光瞥見有什麼動靜，於是我將視線移向圍牆的另一端。

有一個人想越過圍牆，但並不是要爬進去，而是要爬出來。人影跨在圍牆的鐵欄杆上，稍稍猶豫了一下，才往下跳，雖然屁股著地，似乎沒有受傷。

我一開始以爲是小偷，隨即打消這個想法，因爲我注意到那是個女孩。沒聽過穿裙子的小偷吧？

這個女孩約莫十八、九歲，不超過二十歲，長得滿漂亮的，身材也不錯。她回頭張望，我則躲在車子後面。

她快步向前走，我猶豫了一下，馬上尾隨在後。爲了避開監視攝影機，經過葛城大宅前，我低頭走在馬路的另一側。

尾隨她是出於一種直覺，我認爲她並不是偷偷潛入葛城家，比較合理的解釋應該是發生什麼事情，想要逃出這個家。我在意的是，究竟發生什麼事情？

她好像沒有注意到後方的動靜，或許是我和她隔了一段距離吧。走到大馬路上，她舉手要攔計程車。這時我才有些焦急，要是讓她搭上車就沒戲唱了。

我急忙走到大馬路上。只見她搭的計程車已準備出發。我記下車號邊等計程車。運氣不錯，剛好有空車經過。

「先往前開，能快就快。」

雖然坐上車了，司機卻似乎不喜歡我對他的指示，一副不太爽的樣子往前開。我拿萬圓鈔票在他面前晃了一下。

「前面有輛黃色計程車，我想追上那輛車。」

「先生，這種麻煩事就對不起啦。」

「不用擔心，不會給你惹麻煩。那輛計程車上坐著一個女孩，她的父母拜託我去追的。」

「噢！」
好像說通了，司機這才踩下油門。我將車資一萬圓放在司機收錢的小盤子上。
要是在上高速道路環狀八號線前沒追到就麻煩了。幸好對方在紅綠燈前停下，確認車牌號碼後，我跟司機說：「就是那輛。」
「追上要幹什麼？抓她回家嗎？」計程車司機問。
「不，只是要知道她去哪裡而已。」
「哦，然後向她父母報告嗎？」
「是啊，就這樣。」
「原來如此，一定是很寶貝女兒吧。」事情該怎麼理解，司機好像自有一套解釋。
女孩搭的計程車往環狀八號線南下方向開去，我搭的車緊追在後。所幸她搭的車沒開得那麼快，追起來並不難。
「一個年輕女孩，我猜應該會往涉谷去，不過似乎不是這麼回事。」司機會這麼說，是方向剛好相反的緣故吧。
話才說完，前面的車左轉，進了中原街道。
「這樣直走是往五反田吧？」我問司機。
「是啊，聽說最近五反田有很多好玩的地方。」

要出去玩，有必要爬牆嗎？的確，這種時間出門去玩，父母不會有好臉色。但從她爬過圍牆時的表情看來，不像要夜間出遊，而是有更迫切的狀況。這也是我跟蹤她的理由。

看到五反田車站了，前面的計程車卻沒有停下的跡象，過了車站後又向右轉。

「哇，往品川方向去了。」

「好像是這樣。」

女孩搭的計程車駛進國道第一京濱線，我還是一路尾隨。不一會，右側可看到ＪＲ品川車站，左側則是矗立了一整排有名的飯店。

「啊，他們要左轉了。」司機說。果然，前面的車亮起左轉的方向燈。

「麻煩跟著他們。」

「可是……他們開進飯店了。」

「沒關係，跟著吧。」

上了平緩的坡道就是飯店的正門玄關，計程車停在那裡。我在坡道下面一點的地方要司機停車。

「是不是和男孩在這裡會合？」司機拿收據給我邊說。可能吧，我敷衍他一下。

女孩推著旋轉門走進飯店，我稍後才跟進去。

說不定司機的猜測是對的。要偷偷摸摸和男孩幽會，才溜出那幢大房子，這也不是不能理解。眞是這樣，我苦苦追查到這種地方，倒像是個發神經的小丑。不、不，不管追到哪裡，只要能得知葛城家的祕密便沒什麼損失，我稍微修正了想法。

進飯店後，左邊是櫃檯。長長的櫃檯前，一個人也沒有。女孩按了呼叫鈴，不一會，從裡面出來一個穿制服的飯店人員。

我從皮夾裡掏出一張萬圓鈔票，走近女孩身後。

「眞抱歉，今天客滿了。」飯店人員對女孩說。她好像急於想要一個房間。

「什麼房間都可以。」女孩一副疲憊的語氣，音質讓人想聽她唱R＆B（*1）。

「非常抱歉，所有的房間都客滿了。」中年的飯店人員對這個小女生很有禮貌地鞠躬，目光移向我：「請問有什麼事嗎？」

「我想要兩千圓的零鈔，方便跟你換嗎？五張就好。」

飯店人員走進裡面。

女孩看都沒看我一眼，一副死心的樣子走向飯店門口。不能在這裡跟丟她，我連忙轉身離開櫃檯。就在這時候，背後一個聲音叫住我：「啊，先生！」

*1 節奏藍調。

「謝謝你，不用了。」

留下滿臉困惑的飯店人員，我朝正門玄關走出去。

女孩剛好走到橫越飯店前庭的花園步道。我擔心引人猜疑，將距離拉遠，可是看不出她有沒有注意到被跟蹤。

花園步道的盡頭是飯店的出口，隔著馬路還有其他飯店。我已察覺她的打算。

跟我想的一樣，她走進隔壁的飯店。這裡的櫃檯在一樓，由於商務客人經常光顧，所以到了半夜仍持續不斷有人進進出出。我找到一個看得到櫃檯的地方，觀察她的行動。

女孩和飯店人員說了一些話，立刻轉身朝另一個方向走去。從她一副嘔氣的表情來看，可清楚知道剛剛交涉的結果。

她走進設置公共電話的小房間。原來如此，如我所料，我邁出腳步。

她在裡面拚命翻著電話簿。不用看也知道她在翻什麼分類。

「在這種時間穿這個樣子，不管找哪裡的飯店都沒用。」

她嚇一跳，一臉驚詫地看著我。

「既沒有預訂房間又是單獨一個女孩，要投宿只會引起戒心。對飯店來說，最怕賺不到客人的錢還惹事，沒有一家飯店會想捲入麻煩。」

大概是覺得被一個不懷好意的男人看穿了心思並想要接近她，於是她闔上電話簿，要走出電話間。

「妳在找今晚要住的飯店，是吧？葛城小姐。」

女孩猛然停下腳步，機器人般「刷」地慢慢回頭盯著我。

「你是誰？」

我從口袋裡掏出名片。她輪流望著印在名片上的文字和我的臉。

「賽博企畫……」

「廣告、製作、仲介，什麼都做，換句話說就是企業的便利商店。葛城先生的公司是我們最大的客戶。我的自我介紹到此爲止，可以告訴我妳的芳名嗎？」

「我沒有這種義務吧。」女孩將名片輕輕一彈，名片輕飄飄地掉落。

「這麼說來，我非得盡一下義務不可。」我撿起地上的名片。「不能讓潛入我重要客戶家的小偷跑掉。」

女孩瞪大那有點鳳眼的雙眸，以乎頗好勝，這樣一來，反倒看起來更美了。那雙眼眸眨也不眨地盯著我。

「還是……妳並不是潛入，而是偷跑出來？不論如何，總不能不管。我和葛城先生聯絡一下吧……」我掏出口袋裡的手機。

「不要！」

「那麼，妳就自我介紹，」我對著她笑。「就算知道發生什麼事，我也不會隨便說出去。看情況，說不定今晚的住宿我能幫上忙。」

她露出迷惘的表情。不，應該說是算計的表情。她正依照我的性格進行推測，思考要不要相信我，還是要利用我，或許能得到一些好處。

女孩伸出右手說：「請給我剛才的名片。」

「請。」

她拿走名片後，又伸出左手說：「駕駛執照。」

「駕駛執照？」

「是啊，這張名片不見得是你本人的。」

「噢，原來如此。」

近距離看她，比想像中更年輕。大概是高中生吧，行事頗不含糊。我從皮夾裡取出駕駛執照。她拿起公共電話旁的紙和原子筆，抄下我的住址。

「十分謹慎嘛。」我接過駕駛執照收好。

「爸爸一直叮囑我，名字要到最後關頭才能說。」

「爸爸？」

「葛城勝俊。」

「啊！」我點點頭，「果然沒錯。不過……日星汽車副社長的千金爬牆跑出來，到底是怎麼回事？」

「跟你沒關係吧。」

「確實和我無關。只是，我們在這種情況下見面也是事實。接下來，要是妳有任何閃失，會產生責任問題，這可是關係到我們公司的死活。」

「關我什麼事？」

她轉身就要離開，於是我拿出手機。「我馬上打電話通知副社長。」

女孩回頭，露出厭煩的表情。

「我說，你就不要管我了！這樣可以了吧？不聽副社長千金的命令嗎？」

「眞可惜，在我眼中，副社長比副社長千金重要多了。」我作勢按下手機號碼。

「不要打了！」她想搶走我的手機，我趕緊閃開。

這時候，剛好有個像上班族的中年人經過，他驚訝地看著我們。

「妳該不會想在這種地方引人注意吧？要不要找個地方坐下來慢慢談？」

她又在考慮，應該說又在算計。過了一會，她點點頭。

我們走進飯店旁的咖啡廳，說是咖啡廳，其實是必須自行拿飲料到座位的自助式店。我們並肩坐在面向馬路的長形吧檯式座位。

要怎麼利用她呢？我暫且想到兩個點子。一是今天晚上無論如何都要把她帶回葛城家，大占葛城勝俊一個上風。就說是保護了他的寶貝女兒，這麼一來，再狂妄的人也擺不出什麼大架子吧。

另外就是聽她說話。她會偷跑出那幢大房子，其中一定有什麼祕密。她的祕密就是葛城家的祕密，會是日後與葛城勝俊對決時的重要武器。

「你是什麼時候開始跟蹤我的？」喝一口咖啡後，她先出聲。

「從妳家前面，目擊妳爬牆時開始。」

「你怎會在我家前面？」

「沒特別的理由，只是剛好工作的關係到那附近，想順便看看有名的葛城家豪宅。」

「我原本以爲巷子裡不會有人。」

「我在稍遠的地方，要是一直在近處看，會被監視攝影機拍到。」

「嗯，之後你就跟蹤我？爲什麼？是什麼原因？」

「眞像警察在問話。」我苦笑著，喝了口咖啡。「剛才也說過，葛城先生是我們重要的大客戶。有人從他家的圍牆爬出來，當然要調查一下是怎麼回事。」

「那爲什麼沒有馬上跟我攀談？」

「妳會希望我那樣做嗎？」

我一問，她馬上沉默下來。我又喝一口咖啡。

「由於看起來以乎有內情，我想觀察片刻再說。沒料到會一追，追成這種狀況。」

「好管閒事！」

「我們的工作沒這種精神就成不了事。對了，輪到我發問。首先，可以知道妳的名字了嗎？」

「剛剛不是說過了嗎？」

「只說是副社長的女兒。我希望能知道妳的名字，總是有不得不喊妳的時候吧？」

她透過玻璃窗望著外面的道路，才總算嘟囔一句「樹理」。

「啊？」

「樹理，樹木的樹，理化的理。」

「喔，是樹理小姐。葛城樹理。眞是不一樣，光聽名字就知道不是一般家庭出身的子女。」

「什麼意思？」

「這是在稱讚……對了，到底有什麼大事，讓葛城樹理小姐必須爬過家裡的圍牆？」

聽了我的問題，她輕嘆一口氣，略微聳了聳那美麗的肩膀。

「非說不可嗎？」

「不想說也行。」我再度探進放著手機的口袋。

「知道啦！又要和我父親聯絡，是吧？」

「這就是所謂大人的義務。怎麼辦？」

「讓我考慮一下。」樹理雙手托腮靠在桌子上。以現在的女孩來說，她的皮膚還眞是白。陶瓷般的皮膚，沒有半點凹凸不平，不只是因爲年輕，想必也下了一番工夫保養吧。看著她美麗的側臉，忽然間她轉過來，我嚇一跳，身體不禁後退。

「再來一杯咖啡，你請客？」

「小事一樁。」

我將喝完的杯子撤掉，買了兩杯咖啡，一杯給自己。回到座位上時，樹理抽著卡斯特淡菸（Caster Super Mild）。

「年紀輕輕就抽菸，我實在無法苟同。」

「我也這麼認爲。只是，如果年紀大一些再抽，你就會贊成嗎？」

「我是不抽菸的。」

「爲了健康？」

「不止這樣，抽菸太浪費時間了。以抽一根菸花三分鐘來算吧，一天抽一包的人，一天二十四小時中就有一小時花在呑雲吐霧上。雖然有人說可以邊抽菸邊做事，但那不過是屁話。還有一點，爲了抽菸必須犧牲一隻手。不管做什麼事，不可能一隻手會比兩隻手有效率吧？」

樹理朝著我的臉吐一口煙。

「用這樣的想法生活，快樂嗎？」

「不是快不快樂的問題，只是不喜歡把時間浪費在無謂的事情上而已。然後，妳考慮好了嗎？」

樹理小心地在菸灰缸中捻熄香菸，喝起第二杯咖啡。

「簡單地說，就是離家出走。」

「離家出走？」

「是的。愈來愈討厭待在那個家裡，只能逃走嘍。爲了不讓爸媽找到，只好爬牆出來。」

「我不相信。」

「爲什麼？」

「妳就這副樣子離家出走？」樹理只帶一個小手提包。

「相不相信隨便你，不要來煩我就好。」她從菸盒裡取出第二根香菸。

我嘆一口氣，順便看看四周。我無法忍受被旁人認爲是在搭訕，但想問她的事情又多得像山一樣。

「好吧，姑且相信妳是離家出走。不過，我不能就這樣放妳走，妳得告訴我離家出走的理由。眞的情有可原，今晚我就當沒看到妳。」

樹理朝我吐出一口煙。

「我逃家爲什麼要經過你的同意？」

「因爲被我撞見了呀。認了吧，逃家被我目擊算妳運氣不好。依我看，妳就招了吧。」

我招招手做出勸降的動作。

她一手夾著菸，嘴巴咬著另一手的拇指指甲。她的指甲和牙齒也花了不少工夫保養，照顧得十分漂亮。

她把手指抽離嘴巴，斜眼睨著我。

「佐久間先生……是吧？」

「很高興妳記住我的名字。」我挖苦道。

「我所說的事，你保證絕對不向別人透露？」

「我是想保證，不過也要看是什麼內容。」

「哼！」她轉過來，仔細端詳著我。「挺誠實的嘛，以爲你會直接掛保證。」

「做這種保證沒什麼意義吧？」

要說保證挺簡單，但就算說了，她也不是那種會吐出心裡話的女孩。

「所以，你的保證是無法信任的嘍？」

「是的。但也可以這樣說，我會不會告訴別人，全看對我有沒有好處。要是沒什麼好處，不會希望別人覺得我是個碎嘴的男人。尤其是跟我約定的人，還是客戶的愛女。」

樹理撇撇嘴，不知道她是不是聽了覺得不爽。

她繼續抽著菸，我就這麼一直看著她不斷吐出灰色煙圈。

「我呢……」樹理開口：「不是眞的葛城家的女兒。」

「哦……」我凝視著她的側臉。這眞是出乎我的意料之外。「是這樣嗎？」

「也不能完全說不是眞的女兒，嗯……應該說是非婚生的女兒比較正確。」

「不管怎麼說，這都挺讓人意外的，如果是事實……」

「你要是不相信就忘了吧，我不會再多說。」

「好吧、好吧。」我裝出哄她的樣子，「妳想想，我嚇一跳也不無道理啊！話不要只說一半，繼續說給我聽吧？」

樹理輕哼一聲，露出輕蔑的表情，似乎認爲我只喜歡聽八卦。大丈夫能屈能伸，先忍下來。

「我爸爸再婚，你知道吧？」

「聽說過，但那是二十年前左右的事了。」

「剛好是二十年前。我爸爸和前妻是協議離婚，他和現在的太太有一個女兒。」

「那個女兒……聽起來好像不是妳？」

如果是自己的母親，應該不會描述是「現在的太太」。不過，她也用了「前妻」的說法。換句話說，她也不是前妻的小孩。

「我呢……是之前的情婦的女兒。」

未免說得太直接了，而我的回答太慢，嘴巴半開了片刻。

「『之前的情婦』的說法或許不正確，是『之前之前的情婦』也不一定，搞不好是再之前的情婦。反正那個人啊，情婦多得是。」她只是嘴角笑笑。在她眼中，那個人就是這樣的父親。

「意思是，葛城先生第一次婚姻中的情婦嗎？」

「沒錯。第一次離婚也是這個原因。聽說前妻是個出身不錯的小姐，就算夫家再怎麼稱霸一方，人家討厭的事情就是討厭吧。」

聽了樹理的話，我不禁笑出來。葛城勝俊的私生活居然曾這麼失敗，眞是太好笑了。

「那麼，妳這個情婦的女兒，爲什麼會在葛城家？」

「說來簡單，因爲我母親死啦，好像是白血病。母親似乎是個美人，這就是所謂的紅顏薄命吧。」樹理並沒有特別悲傷的樣子。

「妳不記得母親了嗎？」

「有那麼一點印象。」她搖搖頭，「不太清楚。或許不記得了，應該看過照片，但和記憶中不一樣。」

一種冷靜的分析。

「那妳是什麼時候被葛城家認養回來的？」

「八歲的時候。不過，母親是在我三歲時死的，期間是祖母帶大我。」

八歲的話，人格幾乎已成形。我試著想像她是在怎樣的心情下被認養回來，不禁有點同情她。

「八歲之前，爲什麼葛城家不認養妳？」

「這個嘛……擔心新太太的想法吧。畢竟婚生的女兒也出生了。」

「那反過來問，又爲什麼認養妳？」

「祖母病倒，不找個人養不行吧？爸爸承認我的存在，他應該是想，與其被別人領養以後變成話題，不如在這個時間點，以親生女兒的身分帶回家比較好。」

樹理把香菸熄捻在菸灰缸裡。

「那麼，之後妳一直住在葛城家嗎？」

「形式上而已。」

「形式上？」

「想也知道吧，我都八歲了。何況，別人的孩子忽然進到家裡，新太太和小孩的心裡也不會太好過。這種事情爸爸很清楚，所以我一直被丟在寄宿學校裡，而且是在仙台的學校。」

「從小學開始？」

「從小學到高中，只有放長假才會回家。不過，我一點都不想回家，想一直待在學校宿舍。但學校規定除非有特殊情況，不然一定要回家，所以我非常討厭寒暑假和春假。要是沒有這些假期該有多好。一般學生愈接近放假愈高興，放完假就不斷嘆氣，我恰恰相反，可見我多期待八月結束。」

樹理透過玻璃窗凝視著馬路，露出寂寞又空虛的表情。或許她一直都帶著這樣的表情度過童年。

「妳現在是……大學生？」

「嗯，大二。」

不想問她上哪所大學，反正無關緊要，我更想問其他的事。

「是要上大學才回到東京？」

「本來想留在仙台，就算不是仙台，東京以外的學校也可以。但硬被叫了回來，又不能不聽從。沒辦法，誰教我一直受人照顧。」

「葛城先生叫妳回東京？」

「是啊，不過他在想什麼我大概知道。」

「怎麼說？」

「他開始擔心我的將來，想趁早看看能夠把我嫁到哪個人家去吧。所以，不得不把我放在他身邊。」

「原來如此。」

這番話聽起來有點奇怪，但可以理解。

「於是，妳無法忍受目前的生活，決定翻牆逃家？」

「你了解我的心情啦？」

「來龍去脈我大概清楚了。只是，妳眞的那麼討厭？和家裡的人處不好，是嗎？」

「不能說處得很好吧。」她又要拿菸，但剛剛是最後一根，於是她把空盒子捏成一團。

「不至於像灰姑娘，也沒有明顯被嫌棄，可是暗地裡卻嘗到一堆惡意。說來說去我就是個外人，過了這麼多年還是無法和諧相處，她們根本不願意接受我。要是我不在，他們就是完美的一家人。要是我在的話，就像家庭倫理連續劇的演員，無論說什麼、做什麼都像不存在一樣，簡直快無法呼吸。」

她看著我問：「你聽得懂嗎？」

「好像聽懂了。」我這樣回答。「那妳怎麼看待這種關係？妳對葛城家的人似乎也沒有好感。比如，對新媽媽有什麼看法？」

「好惡毒的問題。」她嘆了口氣，「你想我會喜歡她嗎？她一直無視我，而且是笑臉呢，戴著笑臉的面具！」

形容得眞好，我十分佩服。

「那她的女兒呢？嗯……應該說是妳同父異母的妹妹。」

「她呀……」樹理抿著雙唇，頭稍微一歪，像是在考慮該怎麼說，接著就維持那副表情回答：「超討厭的！」

3

我和樹理入住茅場町寶拉飯店時，已過午夜十二點。這是朋友到東京或有其他需求時常使用的商務飯店，我出面的話，飯店可以通融一下。今晚也一樣，我讓樹理在樓梯旁稍候，等我把住房手續辦完。

「我並不想幫妳逃家，不過妳相信我，跟我說了很多妳的事情，所以給妳一些特別服務。」

進到房間後，我把鑰匙放在小桌子上。這個房間只有一張小小的單人床、電視、書桌和冰箱。

「總之訂了兩晚，後天中午退房。」我看一下手表，更正說：「過十二點了，應該說是明天中午吧。」

「爲什麼是兩晚？」

「反正先這樣。妳好好睡一晚，要是想回家，隨時都能離開。只是，要走前先打電話跟我聯絡。」

「也就是說，要是不回家，就乖乖待在這裡？」

「現在很晚了，妳好好睡一覺，明天再說吧。」我走向門口，又停下腳步回頭問：「還有，妳身上有帶錢吧？」

這樣一問，她的眼神閃爍，睫毛顫動了一下。

「身上沒帶錢還想住飯店？」

「有信用卡啊！」

「喔，是副卡吧。」我從皮夾裡拿出兩張萬圓鈔票。「這些錢先放著，以防萬一。」

「我才不要呢，哪需要……」

「不需要最好，妳就放著。」我把萬圓鈔票留在電視機上，拿搖控器壓著。「那明天見了，我祈禱妳會變得聽話一點。提醒一下，所謂的副卡，一個通知就不能用。身上沒帶錢，眞不知道之後妳到底打算怎麼辦。」

不等她回答，我走近門旁，轉動門把時，她在我身後說：

「早知道拿點錢出來就好了。」

我聽了她的話，再度回頭。「妳說什麼？」

「我說，要是有拿點錢出來就好了。就算不拿錢，拿點值錢的東西也好，像是鑽石之類的，這樣至少短時間內不會有困擾。」

「這就叫衝動，明天妳就會改變主意。反正看狀況，我會和葛城先生聯絡。」

「我絕對不會回去！」

「算了，妳好好考慮一下。」

「我有權利拿葛城家一點財產吧？」

突如其來的問題嚇了我一跳，我聳聳肩應道：

「應該有吧。但爲了這一點，妳得繼續當這個家的女兒才行。」

「你是說，離家出走就不行？」

「這個嘛……現在煩惱沒什麼意義吧。繼承財產也得等葛城先生死後才有可能，至少還要幾十年吧。」

「我聽過死前繼承的方法。」

「生前贈與嗎？不是沒有方法，但這是葛城先生才能決定的事情。我不知道妳會怎樣要求，但無論如何，妳不回家一切都不可能。」

她好像在發覺自己身無分文後，才意識到失去的有多重大。逃家還會想到財產的問題，或許是葛城勝俊的遺傳之一吧。

我打開門說：「好吧，晚安了。」

「等一下！」

我稍稍開著門，回過頭問：

「這次是什麼事？」

「你能不能聽聽我的請求？」她微低著頭，表現出向長輩說話的態度，是目前爲止沒出現過的表情。

「要看是怎樣的事。」

「並不困難。跟我家裡打個電話，說我和你在一起就好。」

「這樣就好？」

「之後，幫我拿一些錢來。我再也不要回家了，就說是需要足夠的生活費。」

我又把門關上，這種話被聽到就麻煩了。我看著樹理，確認她不是在開玩笑，攤開雙手問：

「妳是認眞的，還是在開我玩笑？」

「要是我自己打電話，一定會被叫回家。」

「我打也一樣。一定會被教訓，有閒工夫打這種惡作劇電話，還不馬上把我女兒給帶回來！先前提過，葛城先生是很重要的客戶，像這樣讓妳住進飯店已是一種背叛的行爲。」

「說我根本不想回家不就行了？」

「這種說法基本上就不會被接受吧，搞不好還會被視爲綁架挨告。」

「那順水推舟當成綁架呢？」

「咦？」

「打匿名電話，說是想討回女兒就準備一千萬圓。」

我略微彎腰，由下往上注視著她：「妳……是玩眞的？」

「反正我就是不要回家，也需要錢，所以總要有覺悟地去做一些事。」

「好，我知道了。」我雙手輕輕上舉，點點頭，然後說：

「妳最好去沖個冷水澡，好像熱過頭了。」

樹理還想說些什麼，我視若無睹地走出房門。

從飯店到我住的公寓徒步約十分鐘。走在人行道上，我反覆思索著和樹理之間的對話。

傍晚喝了不少酒，卻一點醉意都沒有，應該是和她提及的那些家務事有關吧。

我有點驚訝，葛城勝俊家裡居然有這樣複雜的狀況，雖然還沒決定要不要利用得知的內情，但知道了也沒什麼損失，或許將來會派上用場。幾個小時前情緒跌到谷底，現在可是徹底放晴了。

隔天一到辦公室，小塚就找我過去。進到社長室，小塚剛好在跟杉本智也交談。杉本主要是負責演唱會之類與音樂相關的活動。他小我一歲，卻表現不凡。我這才想到，日星汽車的工作是由他接手。

「正巧在跟杉本談昨天的事。」小塚看向我，開口道。

[redacted]

杉本可能覺得和我對視有些尷尬，目光落在社長的桌面上。

「是接手後續工作的事嗎？」

「不，那倒沒有必要。反正必須從頭開始，不這樣做客戶是不會接受的。」

葛城勝俊到底是什麼意思？

「你跟組員們說明汽車公園案遇到的挫折了嗎？」

「還沒，這才要說明。」

「唔……」小塚一副在思忖什麼的表情。

「怎麼了嗎？」

「嗯，我考慮了許多狀況，專案的組員要全部更換有些困難，只換一部分還有可能。」

我明白他想說的話。

「組員全部留下，只換掉組長。」

「就是這個意思。總之，時間緊迫，日星方面了解，也接受這一點。」

這句話說得正好，我順勢點點頭。

「今天下午要跟日星開會，我希望你出席。」

「我？爲什麼？」我強裝笑臉，「對他們來說，我已是沒用的人。」

「不要強詞奪理，我們得正式向對方說明，介紹完杉本，你可以先走。」

是新負責人就任時，需要前任負責人出席的意思，我不記得受過這樣的屈辱。

我忽然想起樹理，然後想到一些相關的事情。

「反正葛城先生不會出席吧。」

「應該會見到他。」

「會嗎？」我歪著頭看著小塚：「我猜他不會到場。」

「你爲什麼會這樣說？剛剛才確認，葛城副社長會出席，對方很肯定。」

「是剛剛確認的？」

「是啊，怎麼了嗎？」

「沒、沒什麼……」

女兒離家出走，有時間出席這種只需露臉的會議嗎？還是，葛城勝俊不知道樹理失蹤？不可能吧。要是誰發現了，一定會先通知父親。

「知道了，我會出席。要好好拜見葛城先生那張臉。」

「不要鬧出問題，全程你閉著嘴就行。」小塚的手指在我胸口像釘子般戳了一下。

日星汽車的東京總公司位在新宿。辦完一大堆複雜的手續後，我們一行人被帶到會議室，對方已在等候。

胖胖的廣宣部經理說明這次企畫修正的一些重點要求。比起昨晚聽小塚的轉述，客氣了幾分，但貶低我構想的部分相同。

葛城勝俊不在場。說是會晚點到，應該是不會來了吧。沒理由會來，搞不好正報警找人。

廣宣部經理將話題轉到今後如何開展項目上。概念、需求、ＩＴ——盡是有經驗的廣告人恥於用的語彙，我漸漸感到無聊。杉本也介紹給對方認識了，我打定主意，告一段落後馬上走人。

不知忍了幾次呵欠，有人沒敲門就打開。走進來一名穿黑色西裝、肩膀壯碩的男人，廣宣部經理的話被打斷。

男人銳利的目光掃過會議室，往最上位走去。

是葛城勝俊沒錯。

「怎麼？爲什麼不繼續說？」男人不屑地看著廣宣部經理。

經理急急忙忙想繼續剛剛的話題，但似乎忘了講到哪裡，一副狼狽的模樣。看來，他感受到的那股威嚇的壓力還不少。

「他就是葛城勝俊嗎？」我向鄰座的小塚問，小塚微微點頭。

廣宣部經理總算恢復談話的節奏，持續無聊的說明。我沒在聽，一直試圖捕捉無視於我實力的副社長眼神。葛城勝俊好像不太關心廣宣部經理的發言，不知道是講的話沒內容，還是有其他理由——不清楚是不是女兒不見的關係，我還沒有辦法判斷。

廣宣部經理的話說完，另一個日星汽車的人員站起時，葛城勝俊舉手，在大家的注目下，坐著開口：

「我知道這次企畫案的變更給大家帶來許多麻煩，但我希望大家能夠了解，我們不是要辦一場熱鬧的廟會，而是革新的活動，不能像賭博一樣靠運氣。我們進行的是名爲商業行爲的遊戲，在這一點上要求的是縝密的計畫及大膽的執行力。既然是遊戲，我們一定要贏。假如看成遊戲隨便做，那就對不起了。世上以命相搏的遊戲多到數不清，請大家和我一樣把這個案子視爲其中之一。只是，我對商場遊戲有些自信，才判斷必須重新計畫——這就是我要表達的意思。」

根本就是把大家當成遊戲裡的棋子，照著他的指示動作就好。不，他眞正要說的只有這樣嗎？輕柔安穩的語調中，那魄力卻充滿整個會議室，所有在場的人，姿勢都比數分鐘前僵硬。

最後，我一直待到會議結束。這段期間我密切觀察葛城勝俊，卻感覺不到他有一絲心不在焉。不論是部下或小塚說話時，他都一副漠不關心的樣子，卻始終保持銳利的眼神。我暗想，他眞的不是泛泛之輩。

我心中的屈辱感和鬥志，像被攪拌過般五味雜陳。是一場遊戲？原來如此，這樣也無

[redacted]

妨。但他一味把自己放在高手的位置，要說是遊戲，我也有自信，那就來分個高下吧。還沒分出勝負，怎能硬把別人趕下場？葛城勝俊啊，跟我決勝負吧——我默默祈禱。只是，他完全不動聲色。

會議結束，小塚到他身邊打招呼，順便想介紹我，但他看都不看我一眼，用著有些疲憊的手勢揮了揮，轉過身背對我們說：「其他多餘的事就免了吧，介紹跟工作無關的人，沒什麼用處。」接著，他便邁步離去。

我和小塚無言以對，只能目送大企業的副社長。周圍的人都投來憐憫的目光。

小塚拍拍我咬緊牙根才強忍下屈辱的肩膀。

當天晚上，我和一個叫眞木的女孩在赤坂的義大利餐廳吃飯。眞木是剛入行的模特兒，我猜沒多少工作落在她身上。她接到的案子，大多是展示小姐或接待小姐之類的吧。我知道她爲了生活，一星期有幾天在俱樂部上班。到目前爲止，我從未主動跟她聯絡，一直都是她打電話給我，所以說她喜歡我也不足爲奇，我可能是她重要的門路之一。

但今天是我打電話給她。不讓自己心情好些，我實在不想回家。我打算吃完飯到哪裡小酌一下，聊天過程中再看要如何把她。雖然發生肉體關係後多少會有點麻煩，但今晚抱著她過夜還是比較實際吧。

魚端來時，第一支白酒已喝完，我又叫了一支相同的酒，等上肉時再換紅酒就行。

「喝得很快呢。」眞木笨拙地拿叉子把菜放入口中。減肥中的她刻意增加咀嚼的次數，讓人看了很不能忍受，但不至於到破壞氣氛的地步。

「大概是有些興奮，而且我一緊張就會口渴。」我將酒一口喝光。

「爲什麼會興奮？」

「因爲妳願意和我見面啊。突然約妳，我以爲一定會被拒絕。」

「哎，你眞會說話。」她一副笑翻天的樣子，但眼裡並沒有不愉快的意思。

「像這樣直接說開，想必不會被當成是認眞的。要取悅日本女性實在困難。事實上我眞的有點緊張，自己也感到意外。」

哦？她歪著頭看著我。

「其中一個原因是，好久沒有與女性面對面吃飯。還有一個呢，是到目前爲止都沒有主動和妳聯絡，怕會後悔打破慣例。」

「也是。那今天是怎麼回事？只是心情不好？」

「這樣說也是個下下策的約會方法啦。其實幾次想約妳出來，一直不敢打電話給妳，今天晚上忽然有了勇氣。」

說謊不失爲方便的法門。

「工作上遇到什麼狀況嗎？」眞木看著我說。

人。

「沒什麼。」我舉起杯子。我沒心情跟她詳述來龍去脈，況且她也不是扮演這種角色的人。

吃著味道還過得去的料理和酒，先把胃收服了。我說了一些眞木關心的資訊，和這個圈子的一些故事，中間夾雜一些玩笑。年輕女孩光聽別人說話是不會滿足的，我十分清楚，之後必須當個聽眾。她說的話沒有什麼內容，而且結構鬆散，無聊到不打瞌睡也要有點本事才能熬得過去。不光是這樣，我連打呵欠都得緊咬著牙，還得奉承她說從沒聽過這麼有趣的故事。她大概會覺得今天晚上自己變得比較會說話了吧。

男女關係也是一種遊戲吧。只是，遊戲的對手不強會變得很無趣。就今晚來說，這對手未免太不成氣候。我看著眞木愉快的表情，一邊想今晚應該找另一個女人。要是找上班族的那個女人，首先，忽然找她約會，她一定會有戒心，之後要解除她的戒心可是要大費周章的，而且吃飯時的話題也沒那麼容易找。不過，和女人約會時，多少用點心思和精神比較好吧。

換句話說，我追求的不只是肉體關係，而是高度刺激的遊戲。性，說是遊戲勝利的報酬也不爲過。

不單是戀愛，萬事皆是如此。看成一場遊戲，然後去感受贏得遊戲的愉悅。運動當然不必提，讀書也一樣，成績的優劣代表這場遊戲的一切，而考大學是最大的勝負，要是能夠得到勝利的點數，在所謂的人生遊戲中也能過關斬將。憑著這股信念，我總算進到期望的大學。找工作時亦不例外，用盡各種想得到的方法，擠進理想中的公司。這都是好計畫帶來的結果。

人生至此，我幾乎沒有輸過任何一場遊戲。不用等到葛城勝俊來說，工作在我眼中也是遊戲之一，這次日星汽車的活動亦是如此。而且，汽車公園的企畫案，我相信一定會成功，至今我仍這麼認爲。

他說對商場遊戲有些自信？

要是這樣，就來一決勝負吧。看誰才是眞正的高手，清清楚楚分個高下。

但我該怎麼做？對方已剝奪我挑戰的機會。遺憾的是，我沒有任何挑起戰火的方法。

「怎麼啦？」眞木疑惑地看著我。我在想事情時似乎漏聽了她的話。

「沒、沒什麼，可能酒喝多了吧。」我笑著吃了口甜點的冰沙。

走出餐廳後試著約她再到別的地方喝一杯，她想都不想就答應。我招了輛計程車。

「這樣我就安心啦，佐久間先生似乎心情很好。」計程車出發時，眞木這樣說。

「什麼意思？」

「嗯，我在想……」她斟酌片刻才開口：「我擔心你心情不好啊。要是情緒低落，脾氣也會不好……」

「這樣說很奇怪，爲什麼心情不好，脾氣就一定會不好？」

我這樣一問，她翻翻白眼回答：

「白天我打電話給淳子。你知道吧？就是上野淳子。」

「當然。」

上野淳子是賽博企畫的人員，也是因爲她我才認識眞木。她們是高中時代的朋友。

「她說了些什麼嗎？」

「是啊，聊到佐久間先生，她說你今天可能有點Blue。」

「Blue？」

「你本來被交付一個大案子，忽然遭到撤換……」

「她這麼跟妳說？」

「嗯。」

我嘆了口氣。日星汽車企畫案的佐久間駿介被換下來的事，全公司的人都知道了。一定會有各式各樣的謠言滿天飛，其中想必有人暗自叫好，因爲在工作中被我痛罵的、被我換掉的人也不在少數。

「淳子說啊，把佐久間先生換下來是個錯誤，沒有人可以把事情做得那麼幾近完美。」

「被這樣說也是一種光榮。」

其實被上野淳子那樣的人稱讚我一點也不高興，反而覺得更加屈辱。

「這不是恭維的話。她說，除了犯罪以外，大概沒人能勝過你。」

「哦……」

忽然心思好像被什麼絆住，就像發現忘了東西的前一刻，然後總算想起到底是怎麼回事。我腦中浮現了一個念頭。

「抱歉，在這裡停一下。」我向司機說：「有一個人要在這裡下車。」

坐在旁邊的眞木睜大眼睛問：「怎麼啦？」

「對不起，想起有急事要辦，改天一定鄭重向妳道歉。」

我從皮夾掏出兩張萬圓鈔票，硬塞給她後，獨自下了車。眞木坐在開動的車子裡，愣愣望著我。

我再招了一輛計程車，上車的同時說：「到茅場町。」

在茅場町寶拉飯店前下車，從正門玄關走進去，不經過櫃檯，直接步向電梯。

我敲了門也沒反應，再敲一次，還是沒反應。正在想「居然連一聲招呼也沒有就退房」，門忽然打開，細縫中露出樹理的臉。

「嘿！」

「只有你一個人，是吧？」

「是啊，怎麼？」

她點點頭，先關上門，取下門鍊後，重新打開門。

房裡的電視開著，正播放介紹最新流行歌曲的節目。剛剛她似乎躺在床上看電視，床上散布各式各樣的零嘴，床頭桌上則放著菸灰缸和保特瓶裝的果汁。

「妳有沒有好好吃上一餐？」

「剛才去過餐廳。」

「吃了什麼？」

「爲什麼要問這些？」

「擔心妳的身體啊，不吃些營養的東西不行。」

「哼！」她看著我，在床邊坐下。「把重要客戶的大小姐送回家時，要是瘦巴巴，你也不會留下什麼好印象吧。」

依然沒變，還是那麼伶牙俐齒，眞想挫挫她的銳氣。

我抓了椅子坐下，拿起搖控器將電視關掉。

「接下來呢？想回家了嗎？」

「不是說過不回家嗎？囉唆耶！」

「只是想確認罷了，因爲這是件重要的事。」

「重要的事？」她皺一下眉頭，「什麼意思？」

「待會再解釋。我還想確認一件事情，昨晚妳要我幫忙拿錢來，而且是妳能繼承的金額，那是開玩笑的吧？」

「要是開玩笑，才不會那樣說。我又不是小孩，不會只爲了想知道家人有多愛我就離家出走。」

「那確實是認眞的嘍？」我注視著她。

「當然，你要我說多少遍？」她十分生氣。

「好！」

我坐著打開旁邊的冰箱，拿出一罐百威啤酒，拉開瓶蓋。大量冒出的泡沫弄濕了我的手。

我喝一口，把罐子放在桌上，重新看著樹理。她露出訝異又厭惡的表情回望。

是下定決心的時候了。她聽到我的提議，會有什麼反應？要是拒絕，一切就完了。她爸爸會通知小塚，逼他馬上砍我的頭。小塚無法反抗葛城勝俊，我會被趕出公司。

只是，現下在賽博企畫公司裡被這樣看貶也很慘，不如賭一把。

想起童年在商店街的電玩機台，攻城遊戲過時後，出現一堆數不清的電玩遊戲，一有新的電玩遊戲我就往遊樂場跑。彩色畫面的背後，是機器在向我挑釁。

INSERT COIN——此刻和那一瞬間是相同的！

「要不要來玩個遊戲？」我提議。

「遊戲？」樹理的眼中充滿疑問。

「可以達成妳心願的遊戲。妳能從葛城家拿到應得的錢，我也能拿到應有的報酬。」

「你想做什麼？」

「哦，這話很令人意外。原本是妳提議的。」我再次拿起啤酒，大大喝一口，看著她說：「綁架遊戲！」

4

一進到屋子，樹理脫鞋子前先吸吸鼻子聞了一下。

「有味道嗎？」我問她。

「沒。我以爲男生的住處味道會很重，不過氣味還不錯，是薄荷嗎？」

「是芳香劑。我不喜歡屋裡有味道，就算是自己的味道也一樣。」

我住的地方是一房二廳一廚。樹理坐在客廳的雙人沙發上，環視周遭後說：「基本上滿乾淨的。」

「每星期打掃一次的關係吧。」

「哦——看不出來。」

「習慣了也就沒什麼。關鍵是不要讓東西增加，沒用的東西就扔掉，這樣打掃起來不會過於麻煩，三十分鐘便能打掃完。一星期有一萬零八十分鐘，努力三十分鐘，可換來剩下約一萬分鐘的舒適。反過來說，要是捨不得那三十分鐘的努力，就得忍受剩下不舒服的一萬分鐘。」

樹理在我說話之際，明顯露出厭惡的表情。

「有什麼喝的嗎？」
「來煮個咖啡吧。」
她沒點頭，看著那座靠牆的瑞典製櫥櫃。
「酒比較好。」
眞是任性的小女生！但今晚就順著她的意。
「ＯＫ。啤酒、蘇格蘭威士忌、波本、白蘭地、日本酒，」我邊屈指邊說：「妳要什麼？」
樹理蹺著腳，雙手交抱在胸前，回答：「我想喝香檳王耶，粉紅色的。」
眞想揍她一拳，不過忍耐吧。
「平常都有一、兩瓶冰著，剛好昨晚喝完最後一瓶。葡萄酒的話還有，妳將就一下吧。」
樹理哼一聲，然後說：「沒辦法，那喝紅的好了。」
她挺了一下身體想裝出成熟女人的樣子。算了，就讓她繼續自我感覺良好。
「遵照妳的指示。」
別人送的義大利紅酒躺在櫥子裡的角落，我拿旋轉式的開瓶器拔出軟木塞。
樹理啜飲一口，在嘴裡品嘗片刻。我心想，她應該會說這酒還年輕吧。

不過，她卻好像很滿足地點點頭：「嗯，好喝。」

「那太好了。妳對酒非常講究嗎？」

「不。」她回答得乾脆。「好喝就行了，要記酒名什麼的，我覺得很麻煩。」

「不過妳知道香檳王。」

「關於香檳，我只知道這款。我爸爸常說，唯有香檳王才稱得上香檳，其他都算是另一種飲料。」

葛城勝俊的臉一浮現在眼前，就令人想反駁。

「香檳這個地方做的氣泡酒就叫香檳啊，不是只有香檳王而已。」

我才說完，樹理就搖搖頭應道：

「香檳原本是香檳地區高村修道院的祕方，後來才傳到整個地區。而且，發現這個祕方的是管理酒窖的唐．培里儂修士（*1），所以香檳王才是眞正的香檳。」

「好吧、好吧。」我把便宜的紅酒喝下，「還眞上了一課。」

眞是令人不快！葛城勝俊是不是也像這樣，拿著香檳酒杯邊臭屁他的博學多聞？

*1 Dom Perignon，香檳王就是以他的名字來命名。

「對了，我想談剛剛的話題。」我接著道。

「遊戲的事？」樹理露出緊張的表情，倒也難怪。

「當然。再確認一次，妳眞的想這樣做？」

「不然我怎會跟你到這裡？」

「給我明確的答覆，妳到底有沒有心要玩這場綁架遊戲？要是還在猶豫就明講，看是怎樣，我會再給妳考慮的時間。」

然而，她不耐煩地搖搖頭：

「我說啦，不是鬧著玩才離家出走。我恨葛城家，這個遊戲我玩定了。」

「那好，遊戲開始前，先來個結盟儀式，」我將雙方的酒杯倒滿酒，拿起自己的說：

「預祝我們獲勝。」

樹理也拿起酒杯，與我乾杯。

我還沒想出什麼特殊的作戰計畫，一切都從現在才開始。但我好久沒這麼興奮，竟然可以玩如此有挑戰性的遊戲！

「有兩、三件事得確認一下。」我豎起食指，「首先，要知道妳離家出走的事有沒有向其他人提起，譬如和朋友通了電話。」

樹理馬上搖頭：

「沒有理由這樣做吧，要是他們跟家裡說就麻煩了。」

「好。再來，把昨天到今天的行蹤一一說出來。嗯，妳不是去了餐廳嗎？是哪一家？」

「爲什麼要問這些？」

「想明確掌握和妳接觸過的人，萬一有人記得妳的臉就傷腦筋了。」

「這種事你就別操心了。」

「聽清楚，妳想，爲什麼犯人會被警察抓到？因爲他們都不在乎自己的行蹤。在哪裡、如何留下痕跡，沒有這種自覺，就無法研判警方會採取什麼行動。」

「但餐廳的服務生會記得我嗎？他們每天要面對那麼多客人，我去的時候，餐廳裡也有幾十個客人。跟你打個賭，服務生才不會那麼仔細去看客人的臉。」

「希望如此，不過，妳要有被看到臉的警覺性。」

樹理嘆一口氣：

「出了那家飯店右轉直走，就在前面的丹尼斯餐廳啦。我吃的是蝦仁焗烤飯、沙拉和咖啡。」

我拿起電話旁的便條紙和原子筆，記下丹尼斯餐廳、蝦仁焗烤飯、沙拉、咖啡。

「坐在櫃檯座位嗎？」

「是窗邊的位子，吸菸席比較空。」

「沒做出什麼讓人留下印象的舉動吧？」

「我沒想到要那樣做。」

「沒人一直盯著妳看嗎？」

「爲什麼要盯著我看？」

「妳長得滿美的，搞不好有男生想把你。」我看著樹理標緻的臉回答。

樹理笑也不笑地別過臉。

「說不定有啦，只是我沒注意到。在那種場所我通常盡量不和人對上眼。」

「那樣更好。」我點點頭，「出了餐廳之後呢？」

「去便利商店買零嘴和果汁。」

約莫就是散落在床上的點心。

「哪一家便利商店？」

「餐廳對面那家。」

我知道那家便利商店，店裡有賣酒，我曾在半夜去買過啤酒。

「妳只買零嘴和果汁，沒和店員聊天吧？」

「店員是個像剛被裁員的大叔，要他不打錯收銀機按鍵就去掉半條命的樣子。」

「接著就直接回飯店了吧？」看她點頭後，我繼續問：「跟飯店的人照過面嗎？」

「這個嘛……」她歪著頭，「回飯店時經過櫃檯，說不定有誰看到我。哎，我怎麼知道事情會變成這樣。」

「我明白，沒關係。」

我看著手邊筆記的便條紙，見過樹理的人可能有餐廳的服務生、便利商店的店員和寶拉飯店的人員。但要是相信她的話，這裡頭似乎沒人會對她有特別的印象。

「問題在於警方公開搜查的時候，妳的照片會在市區內流通，而這些妳提到的人，或許會想起看過妳。」

「哪有可能！」

「我也是這樣想，但通常計畫性犯罪會被識破，往往就是在『哪有可能』的時候發生，沒辦法安心。」

「那怎麼辦？」

「只能嚴厲要求別讓妳的照片曝光。雖然這麼做太流俗，不過最好先跟對方放話。」

「放話？」

「有綁架情節的連續劇裡，不是常出現一些台詞嗎？例如，要是報警你的小孩就會沒命，那種老套又可恥的話。」

「喔。不過，這不是一定都要說嗎？」

「爲什麼？」

「爲什麼啊……」

我把便條紙放一邊，將剩下的酒倒進杯裡，坐在沙發上蹺著腳。

「不管我們放什麼話，妳爸一定都會告訴警方，他就是這種人。所以，要家屬別通知警察根本是廢話。要耍狠的話，應該逼他割愛才對。」

樹理沉默不語，她似乎也了解以葛城勝俊的個性不會受歹徒要脅。

「但不用說，警方應該不至於會將綁架的詳情公開，這麼做是希望小心一些。比起這一點，整個案子結束的後續發展才眞的是得仔細想一想。當然，妳會被平安釋放，之後最好不要在媒體前曝光。理由剛才提過，無法確定昨天和今天是不是有人記住妳。」

聽我說完，她睜大眼望著我說：

「你已在考慮案子結束以後的事？」

「那是當然的啊。不先將最後的藍圖描繪出來，如何能將計畫變成一個案子？」

「最後的藍圖，是指我們獲勝的事吧？」

「那還用說，我一直都只設想勝利的藍圖，這就是我的個性。」

我喝一口酒，含在嘴裡，品嘗紅酒澀澀的滋味。

「要是計畫進行順利，我想到國外去，所以不會想在媒體上曝光，也不打算接受採訪。」

「這樣最好，但完全拒絕採訪應該很難吧。不過，要求不露臉應該還能接受。」

「嗯，就這麼辦。」難得樹理會如此乾脆點頭。

「好啦，離家出走後的目擊者問題算是解決了。」我再度拿起便條紙和筆，「離家出走前的事情說來聽聽吧，這很重要。」

「離家出走前的事情？」

「昨晚我只看到妳爬牆出來，之前妳在哪裡、做了什麼，希望能告訴我。最好能仔仔細細地說明昨天的行蹤。」

「這也是有什麼意義的吧？」

「我會問毫無意義的問題嗎？」我用筆頭敲了便條紙兩下。「注意聽著，一旦變成綁架案，警方會先釐清妳在什麼時候、如何被綁架，根據這些線索找出犯人的機率相當高。簡單地說，要是沒人有任何機會綁架妳，警方會懷疑這是一樁惡作劇。」

樹理面無表情，但似乎能理解我的意思。

「我昨天好像沒跟什麼人見到面。」

「妳能不能不要說些模稜兩可的話啊，根本無濟於事。」

她生氣地瞪著我：「你要這樣說，我也……」

「好，這樣問吧，最後跟妳見面的是誰？」

「這個嘛……」她歪著頭想了一下，然後回答：「是千春吧……」

「那是誰？」

「爸爸第二任太太的小孩。」

「哦，是同父異母的妹妹。名叫千春？怎麼寫？」

「數字的千，春夏的春。」樹理哼一聲，「好俗氣的名字。」

「不會啊。你們是什麼時間見到面？在家裡，是吧？」

「晚飯過後，八點左右。我在浴室，千春走進來，應該沒說什麼話。」

「在那之後呢？」

「就在自己房間裡看電視。我一直都是這樣，一個人待到早上。」

「真的沒跟任何人碰到面？真的很重要，好好回想！」

樹理一副覺得麻煩的樣子，搖搖頭。

「吃完飯，大家都躲在自己的房間裡，晚上幾乎不碰面。千春常常不回家在外過夜，爸媽大概都不知道吧。只要在早上一起吃早餐前回來就行了。」

那麼大的房子只住四個人，這種情況是有可能的吧。

「所以，晚飯是跟媽媽和千春三個人一起吃的？」

當時，葛城勝俊應該是和小塚一同享用高級料理，邊命令將無能的佐久間駿介從專案中換掉吧。

「晚飯時間只有我一個人。」

「妳一個人？爲什麼？」

「他們都外出了。這是常有的事，我還比較輕鬆呢。」

「晚飯是自己做的？」

這樣挺讓人詫異的，不過她乾脆地搖搖頭。

「哪有可能，是崎太太做給我吃的。啊，對了，吃晚飯時，崎太太就在旁邊。」

「崎太太？到目前爲止妳沒提過這個名字。」

「她是家裡的幫傭，特地從大崎來的。」

原來有傭人，想想也是理所當然。

「那她的工作時間呢？」

「詳細時間我不清楚，大概都是下午才來。掃地、洗衣，還有買東西，然後做晚飯。回去的時間視當天情況而定，多半是在晚飯之前。不過，昨晚我吃飯時，她好像在整理廚房。」

「妳吃完飯，她才回去，」

「應該沒錯。」

「吃飯時有聊什麼嗎？」

「當然聊了一下。沒道理一直沉默，不說半句話吧。」

「內容呢？妳沒提到任何暗示要離家出走的事？」

「沒有理由說那樣的話吧，那時候想都沒想到要離家出走。」

「原來如此。」我把筆記上的千春名字圈起來，「昨天問過妳離家出走的原因，但應該有什麼突發狀況促使妳這樣做吧。怎麼看都是晚飯後和千春說過話才決定的，是不是發生什麼事？」

樹理的表情瞬間僵住，雙手交抱胸前，然後才噘著嘴說：

「千春怪我用了她的面霜。」

「面霜？」

「保養用的面霜。我不過是用了一點點放在浴室裡的面霜而已。」

「噢，」我點點頭，「因爲這個吵架了，對不對？」

「才不會！我們不吵架，像這種時候只有我單方面一直道歉的份。這是常有的事，我習慣了。但昨晚千春特別囉嗦，始終是她一句接一句不停抱怨。」

「妳一氣之下，離家出走？」

「我回到房間後，愈想愈委屈，覺得好悲慘。不管怎樣，我連一秒都不想待在這個家裡了。」

簡直跟小學生沒兩樣，不過我不能說出口。

我看著寫下的筆記，在腦中整理一遍。我必須將她的話變成一個前後沒有矛盾的故事。

「妳說千春有時候會外宿不回家，那麼妳呢？妳昨天離家出走，但妳有沒有偷跑出去玩過？」

「不是沒有，只是不像千春那樣頻繁。我也有享受青春的權利啊。」

「青春，是喔。」

這字眼從三十多歲的男人口中說出來會像個糟老頭，可是從年輕女孩口中說出來卻有一種新鮮的感覺，爲什麼會這樣？

「妳偷跑出去的時候，也像這次是爬牆嗎？」

「從邊門出去的情況比較多吧。昨天不想被監視攝影機拍到，才爬牆出來。要是從邊門，有時也會被拍到。」

「晚上出遊挺辛苦的嘛。嗯，那外宿呢？」

「有過幾次吧……」樹理聳聳肩，似乎在回想當時的情景。

「忘了問重要的事，妳有沒有戀愛對象？」

「現在是自由身。一知道是葛城家的小姐，大家都敬而遠之。」

「最近的學生很膽小呢，明明懷著野心去攻略大一點的目標也不錯。所以，跟妳一起玩的都是女性朋友嘍？」

「是啊，大學的朋友。」

「出去玩會事先聯絡吧？」

「對。不過，有時也會突然外出。有幾家是我常去的店，要是到這幾家店，大概都會遇見一、兩個認識的人。」

二十歲的毛頭小女生說出「常去的店」，聽起來有點傲慢。但這些話正足以說明，她偶爾會蹺家跑出去玩。

「另外，」我看著她的包包，「妳沒有手機嗎？」

「放在家裡，帶手機太麻煩了。」

「麻煩？」

「是啊，他們要是注意到我不見，一定會打手機找我，光響不接不是會很吵？反正一定要關機，帶著也沒意義。想打電話的時候，用公共電話不就得了？」

「我喜歡妳這種合理的思考方式。」我點點頭，並不是恭維。「只是，這樣會有一個問題。妳沒帶手機出門，警方想必會起疑。」

「他們會認爲純粹是忘了帶而已。」

「最近的年輕女孩出門玩會忘了帶手機？這跟忘了帶錢包一樣怪。警方肯定會懷疑這種不自然的地方，想想這個問題要怎麼解決吧。」

「急急忙忙出門，忘了帶手機並不稀奇。」

「爲什麼會急急忙忙？明明沒跟任何人先約好。」

「怕趕不上最後一班電車啊。」

我嗤之以鼻，笑了一聲。

「在家前面招計程車，虧妳還說得出這種話。不過，怕趕不及的想法還不錯。」我拿原子筆在便條紙上再敲了兩下，「妳說有常去的店，其中幾家是半夜十二點左右關門？」

樹理咬著拇指指甲思索片刻，開口：

「涉谷的『疑問』吧。」

「ＯＫ，我們就設定是這家店好了。因爲面霜的事千春囉嗦個沒完，妳感到很煩，爲了讓心情好些想去『疑問』，只是不快一點，店就要關門，匆忙之際忘了帶手機。目前爲止，有什麼不自然的地方嗎？」

「不錯啊。」她不加思索地回答。我從一開始就不敢對她的判斷有所期待。

「接下來是犯人什麼時候綁架妳……」

這是個大問題。要是搞砸，計畫就泡湯了。

我假想自己是犯人，要綁架葛城家的女兒，會在哪裡埋伏、如何避人耳目把她帶走？

「只有一個地方容易下手。妳溜出家裡後，到大馬路上攔計程車。要進行綁架，唯有在妳家到大馬路前的巷子。這巷子很暗，那段時間又不太有人經過，只能在那裡強行帶走妳。」

「強行帶走？是被莫名其妙帶走的意思？」

「快得讓妳來不及尖叫，一瞬間就把妳綁走。」我輕輕閉上眼睛，想像執行的畫面。在位於田園調布的高級住宅區，樹理一個人走在路上，歹徒的車從她背後接近，慢慢地，快要超過她的時候，車子停下，後車門打開，歹徒很快下車。

「歹徒最少有兩個人。」我閉著眼睛說：「一個人開車，還有一個人必須坐在後座等待機會。那個男的一下車，馬上用手帕掩住被嚇呆的妳，手帕當然沾滿三氯甲烷……」我搖搖頭，接著說：「三氯甲烷太老套，用乙醚好了。吸入麻醉是用乙醚，歹徒有一點醫學知識，很習慣使用這種東西。」

「哪一種都可以啊，反正警方無從調查。」

我張開眼睛，對她做了個苦臉。

「這和我在塑造的犯罪形象有關。在讓犯罪內容明確的同時，也必須建立犯人的性格才行。」

「有必要嗎？」樹理一副把我當笨蛋的樣子。

「惡作劇式的綁架會被識破，就是因爲歹徒沒將眞正的綁架計畫好好設想一遍，只會做出像惡作劇的奇怪行動，露出破綻。這就是我追根究柢地問妳，離家出走前所有行蹤的原因。」

不清楚樹理是否明白我的話，她默默地聳了聳肩。

我繼續往下說：

「用乙醚把妳弄昏後，歹徒馬上開車逃走，來到事前準備的隱密房子。那裡儲存了足夠的食物和生活必需品。當然有電話，甚至電腦，還有電視。妳處於被監禁的狀態，而且是連續好幾天。」

「那隱密的地方在哪裡？」

「這也是個重要的問題。不能輕率決定，必須以歹徒的性格爲基礎來設想，他們會設置在哪裡？」

「假如是這樣，就塑造性格帥氣一點的歹徒吧。」

「要看有沒有必要。譬如，歹徒的特徵是非常謹慎有耐性，所以採取的行動迅速果決，要像是這種性格。」

「是喔。」

「妳想想，從綁架的手法來看，歹徒是在某種情況下得知，葛城家的女兒偶爾會偷偷離家出走，於是一直監視尋找機會。要不是謹慎有耐性，不可能辦到。並且，在機會來臨時不能遲疑，得有當機立斷的能力。」

「原來如此。」樹理輕輕點頭，用尊敬的眼神看著我。「可以問一個問題嗎？」

「什麼？」

「我是被監禁在一棟隱密的房子？」

「還沒決定是監禁或軟禁，哪裡奇怪嗎？」

「嗯……」她舔一下嘴唇問：「我會在那裡被強暴嗎？」

5

葛城勝俊先生：

您的女兒在我們手裡。若希望她平安回家，請答應我們的要求。首先，請準備現金億圓。

不用說您也知道，請勿與包含警方在內的第三者聯絡。要是無法遵守，我們會馬上中止交易。

還有，目前您的女兒並未受到任何肉體上的傷害，往後全看您的表現來決定，不過我的君子風度也是有限的。爲了雙方好，請盡速決定。

咿呀一聲，椅子轉了半圈，我面對著樹理。

「好了，贖金要多少？」

她瞄了眼電腦螢幕後，在床上坐下。

「看這封信，你打算要一億圓以上吧？」

我對她擺出笑臉。

「那是當然的嘍。不想想我綁架的是誰？是雄霸天下的日星汽車副社長的女兒！要求一億以下的金額能幹麼？」

「爲了情婦的孩子，會付那麼多錢嗎？」

「這件事歹徒不會知道吧？」

我將椅子轉回去，手指敲著鍵盤。在「億圓」前的空格填上「三」的數字。

「三億圓！爲什麼？」

「沒特別的根據，主要是爲了擾亂吧……」我伸手拿啤酒，接著說：「或許會造成某種程度的影響，讓他們去猜想歹徒是不是有三個人。三億圓可能稱不上是筆大數目，但若要個十億、二十億，令尊恐怕沒辦法立刻籌到那麼多錢。」

「三億圓……兩個人分，一個人有一億五千萬圓耶！」

「我只要一成的三千萬圓就好。需要錢的是妳吧？」

「你不需要錢嗎？」

「當然需要，但這不是遊戲的目的。」

我操作著滑鼠，螢幕上出現3D彩色立體畫面，標題寫著「AUTOMOBILE PARK」。

「那是什麼？」

「我幾個月來的心血結晶，要不是被一個無知的人攔腰一砍，這個夢想世界將會實現。」

我按一下滑鼠，立體畫面中的大門敞開，一片廣闊的汽車世界呈現在眼前。進入右邊可看到汽車的創世紀，從使用蒸汽引擎的車，到讓古董車迷垂涎的珍品全數蒐齊。

「好像博物館！」

「不只是博物館。如果是博物館，一定會警告：各位來賓注意，請勿觸碰展示品，但在汽車公園不會有這種庸俗的標示。參觀的來賓都能上去試車，從手排的汽車到豐田的２０００ＧＴ、Ｆ１，不限車種，而且不必有駕照。」

「什麼意思？」

「各區域會有幾部虛擬機器，可模擬駕駛客人期望的汽車。簡單地說，像是遊樂場的駕駛電玩機一樣。依車種不同，畫面呈現的風景會有所變化。比方，開著豐田２０００ＧＴ，會覺得行駛在古老優美的昭和日本風景裡。」

「嗯，似乎很有趣。」

樹理由衷讚嘆，她父親也能一樣單純就好了。

「觀眾一邊接觸汽車的歷史，依序認識現代汽車。過了這一區，雖然能直接進入想像中的未來汽車世界，但在這之前，我準備了一個特別的展示角落。事實上，這正是整個規畫的重點所在，日星汽車的新車就藏在此處，並且設置了虛擬機器，讓客人提早體驗新車駕駛的舒適度。這裡的虛擬機器可是很炫的，跟其他區域的機器不同，是日星汽車開發部門運來的實體車。客人實際坐到車裡，除了確認新車的性能，同時會播放新車的形象廣告及音樂，並有技術解說員說明新車的優點。走出特別展示角落，每個客人手中會有一份新車介紹目錄，開始考慮如何利用分期付款購車。」

我一口氣說完，發現樹理頻頻看著我，於是閉上嘴，嘆了一口氣。之後，我將畫面轉回威脅信。

「我重複一次，要不是葛城勝俊的偏執，剛剛描述的一切都會實現。日星汽車的新車販售會很成功，賽博企畫公司的名聲也會遠播，大家都會幸福又快樂。」

「也就是說，由於企畫案被否決，你太生氣，才想到這個綁架計畫？」

「如果用報復來解釋，就有點遺憾了。一開始我說過，這是場遊戲。我向妳父親挑戰，是想和他分個高下，看誰才是遊戲高手。」

「但我爸爸不知道這是遊戲，未免太不公平了吧。」

「沒這回事。葛城勝俊不會只交給警方，一定會運用他的智謀撒下天羅地網。當然，他不會知道對手是我，但他一定會參加這場遊戲。眞正的交手，從那一刻開始。」

我重讀一次威脅信。

最後「目前您的女兒並未受到任何肉體上的傷害」的部分，我在用字遣詞上斟酌許久。

之所以這樣寫，是樹理問了是否會遭到歹徒強暴的緣故。

正值花樣年華，又是有魅力的女孩被軟禁起來，當然會引起歹徒的垂涎。我設定的歹徒是兩個男人。爲了打消人質逃跑的念頭，我必須讓其中一個男人，或是兩個人都可能有強暴的犯行，才比較合理。

但對於歹徒侵犯樹理的部分，我始終提不起勁。實際上不會發生，我也沒那種嗜好。何況，這樣設定就必須讓她說謊。在案子告一段落後——自然是犯罪成功的情況下，警方一定會問她許許多多的問題：歹徒有沒有對妳動手？換句話說，有沒有對妳施暴？要她怎樣回答才是最恰當的呢？眞正遭到強暴的人質，會有什麼反應？這點的確有些困難。如果答得含糊不清，露出充滿淚水、楚楚可憐的表情，或許會讓刑警察覺是不是發生什麼事。然而，樹理的演技有到那種程度嗎？我的判斷是，不能期待，無法逃過刑警的法眼。

歹徒不會有強暴行爲——我下了結論。爲什麼他們不採取那樣的行動？是自制力嗎？這種解釋缺乏說服力。我想到的可說是一種苦肉計。

我重新設定歹徒是兩人一組，其中一個是女的。他們會是情侶或夫婦。綁架樹理時，開車的是女方，這麼一來，不論任何狀況，男方都不太可能趁女方不注意侵犯樹理。

信中用「目前您的女兒並未受到任何肉體上的傷害」的說法，只是爲了暗示會有強暴的可能性，實際上無此意圖的歹徒僅僅是將這層意思隱含在裡頭。等案子結束，從樹理的口中得知其中一人是女性，刑警便會拍膝恍然大悟。

「再來，下一個問題是，要怎麼送出這封威脅信？」我雙手交抱胸前，靠在椅背上。

「知道妳爸爸的電子信箱嗎？」

「不知道。」樹理乾脆地搖搖頭。

「手機號碼呢？」

對於這個問題，她也只是攤開雙手。

「妳什麼都不知道？」

「不然你去涉谷附近，問問跟我同齡的女孩，記得父親的電子信箱和手機號碼嗎？問十個人，要是有一個人答得出來，我就跟你下跪！」

「我並不希望妳下跪。」

我想了一下，或許是這樣吧。一般人通常會將別人的電話號碼輸入手機，自己記得的愈來愈少，我也不例外。況且，沒什麼事也不會打給父親。

查出葛城勝俊的電子信箱和手機號碼不難，向公司的相關人員詢問即可，只是得報上自己的姓名。

「不能打電話嗎？」樹理問：「連續劇或電影裡，歹徒不都是用電話聯絡？」

「那樣很危險。先不提反偵測，歹徒的嗓音、聲紋、說話的特徵、背景聲音，都是警方辦案的重要線索。要是這麼做，完美的綁架就成了夢中夢。」

「不過，如果是頭一通電話呢？警方應該還沒有動作吧。而且，我家沒有電話答錄機。」

「妳離家出走已二十四小時，家人差不多在考慮跟警方報案了，警方也會產生各種懷疑。一般家庭可能不會管那麼多，但畢竟是葛城家的千金，約莫會朝綁架的方向思考，恐怕已有幾個搜查員在等歹徒打電話過去了。」

「眞的會發展到這種地步嗎？」樹理歪著頭說。

「或許會，或許不會。我不是樂觀主義者，也不會去賭一半一半的機率。」

我看著電腦畫面，心想要是能用電子信箱送出這封威脅信就好了，但似乎沒辦法如願。

「家裡有傳眞機吧？」

「有，在爸爸的書房。要用傳眞的？」

「這是最省事的方法。然後，怎樣收到對方的回應？妳有沒有什麼點子？」

我不抱期望地問，她卻一副認眞思索的表情。

「你一開始說打算用電子信箱寄出，要用什麼帳號？不可能用平常的帳號吧？」

「當然，沒有那種笨蛋，會用眞正的帳號寄威脅信。可以動手腳讓寄件欄上顯示假帳號，但安全起見，考慮用新的帳號。」

「就是沒辦法查出身分的帳號？」

「是的。有兩個方法，一個是用免費的電子信箱。」

譬如，像是Hotmail之類免費的電子信箱，身分和地址不必明確塡寫也可取得，警方不可能從電子信箱查出正確的身分。

「還有一個呢？」

「用妳的電子信箱寄。」我指著她的胸前。

「我的？」

「妳有電子信箱吧？」

「信箱地址還記得，不過密碼忘了。」

「那就弄個新的，妳有信用卡吧，有卡馬上能簽約加入。」

「嗯……」樹理像在考慮什麼，「有一個地方要更正。」

「什麼？」

「我說有卡是假的，零用錢是有一些啦。」

「我當時就在想妳是不是眞的有卡，爲什麼要撒謊？」

「只是不想讓你看出來而已，要是你知道我沒錢，等於讓你抓住我的弱點。」

樹理一點也不害臊，霹靂啪啦說了一堆，直瞪著我，一副無關痛癢的樣子。

「那就只有一個選擇，用免費的電子信箱。」

「這樣就能取得信箱帳號？」

「不然呢？」

「要是這樣，不如在威脅信上寫下電子信箱，傳眞叫他回覆到電子信箱。」

「的確，這也是一個方法。」

她的腦筋轉得挺快，我對這女孩的看法有一點改變。

「行不通嗎？」

「還不錯，但無趣！我沒興趣和對方信件往返，就算用電子信箱也僅限一次。寄下一封信時，再換一個新的電子信箱。即使對方寄信過來，這邊也不會看。」

「很謹愼呢。」

「當然，妳到底知不知道我們要做什麼？」

我拿起電視搖控器，打開電視，寬大的螢幕上出現的是籃球比賽。我不停轉換頻道，其中一個體育節目剛好在播放日星汽車的CM，主打一款叫CTP的跑車。受歡迎的偶像女星在涼爽的草原上開著車，實在稱不上是出色的CM。或許葛城勝俊沒看過這支廣告吧。

我對著電腦上網，檢索有關日星汽車CTP的網站。不出所料，車迷自行設了不少網站，瀏覽一下，其中有一個「CTP車迷俱樂部」。點進去後，先是出現紅色CTP跑車，像是一般人拍的照片，站主的似乎是個愛車人，上面寫著：「這是喜愛CTP跑車人士的資訊交換及休憩場所，請輕輕鬆鬆地來玩！」有「新到情報」、「維修」、「我拍的CTP」、「公布欄」等項目在上頭。這是個任誰都能提供資訊的美好時代。我在「公布欄」上按了兩下，不一會，出現這樣的文章：

「享受的人（刷牙兔子）

之前告訴過大夥，我們家的CPT總算送到了，光是想像在高速公路上奔馳的快感，每天都會睡不著。第一次上路後，會立刻來報告。只要不出事就好了吧（笑）。」

「異音（光姬）

我開CPT兩年了，最近注意到溫度計會上升，是不是溫度過高？這讓我不禁冒冷汗！誰有相同的經驗嗎？」

「Re：異音（跑跑呑兵衛）

光姬小姐，我的車也有相同的問題，CPT的車型多少對發動機的冷卻器造成影響，但不至於會溫度過高。要是擔心，去檢查一下也好（不成建議了）。」

一般小市民有了名叫網路的玩具後，幼稚的文章還是一樣到處流傳。話說回來，若有凶暴陰險的留言也挺麻煩。

把網址記錄下來，先下線再說。

我叫出剛才擬的威脅信，審視片刻，接著寫：

要是您有意交易，請進入下面的網址，在公布欄上用樹理的名字表明想法，我們確認後會再聯絡。

站名：CPT車迷俱樂部

網址：http://www.……

「如何？」我回頭望著樹理。

她讀過幾遍後，點點頭：

「原來如此，這樣就沒有人會懷疑，而且可以確認對方的想法。」

「以前綁架犯常用登報的方法，在三大報的尋人啓事上刊登『太郎，問題解決了，馬上回來！』之類，不過得等到隔天。現在我們透過網路上的公布欄，馬上就能確認，對於被害者來說，也算是一種比較經濟的回覆方式。這個世界變得比較方便了。」

我打開印表機電源，準備印出來。

「等一下。」樹理拍拍我的肩膀。

「怎麼？」

「我對威脅信上的內容有一個要求。」

「哪裡不滿嗎？」

「我不喜歡『您的女兒』這個字眼，好好把我的名字寫出來，『樹理小姐』。」

我重讀一遍，搖搖頭。

「不行，寫成『樹理小姐』，就結不了尾。用『您的女兒』沒什麼問題吧？」

「誰說的，我根本就不是他的女兒！」她低著頭。

「我都強調過幾次了，歹徒根本不知道妳的生長背景，只想到妳是葛城家的心肝寶貝。用『您的女兒』沒有什麼不自然的地方，相反地，寫成『樹理小姐』才奇怪。」

「反正我就是討厭那樣寫！」

我嘆了一口氣：

「換成『大小姐』，如何？這樣可以了吧？」

但她不願意點頭，而是說：

「我是樹理，葛城樹理！既不是『您的女兒』，也不是大小姐！」

「眞麻煩……」我頭痛地回答：「知道啦，那寫『葛城樹理』，『小姐』也不加，不要有尊稱。行了吧？我不會再讓步。」

樹理緩緩點頭，「可以。」

我聳了聳肩，敲著鍵盤修正文章。實在不明白這年輕女孩在想些什麼。

我再重讀一次威脅信，檢查有無錯字後印出來，確認效果後交給樹理。

「就用這張紙傳眞？不是用電腦上的傳眞功能直接傳？」

「爲了安全起見，我不想讓對方從電腦上的文書形態推敲出來。根據我的經驗，這樣的文件用傳眞花的時間比較短，遇到什麼麻煩要斷線也比較快。」

避免浪費傳眞的時間，我將紙上空白的地方整齊地切割掉，然後剪成八小張。

「你在做什麼？」

「嘿，看著吧。」

我拿出透明膠帶，將剪成八小張的紙亂貼一通，再放到傳眞機上。

「你要從這裡傳眞？」樹理驚訝地問：「不會被反偵測？」

「就是不想被偵測到才這樣黏貼。假設葛城家有警方的人守著，他們會看傳什麼東西進來，但沒辦法馬上了解內容。等他們拼湊好，知道是威脅信，電話應該已斷線。」

樹理直視著我。

「這支電話有非顯示號碼契約，一開始不按186，便不會將號碼顯示在對方的電話上。好啦，請妳按下電話號碼，這份傳眞由妳自己送出去。」

「爲什麼要我傳？」

「得讓妳明白我們是共犯的關係啊。妳說過要參加我的遊戲，但要出手妳還是會猶豫。搞不好等威脅信傳送出去，妳又會改變心意。」

來吧，我指向傳眞機。

樹理輕咬嘴唇瞪著我。我在椅子上坐下，望著她。一旦觸發危險狀態，必須替自己確保一條後路，這是我的作風。

她吐出一口氣，「發送傳眞前，我想先做一件事。」

「淋個浴讓腦袋冷卻？」

「我想回家一趟。」

「哈！」我露出失望的表情，「到這個地步開始想家了，那就沒轍啦。」

我把放在傳眞機上的威脅信抽回來，準備撕掉。

「等等，不是的。我不是想回去，只是想在外面看一下。」

「到現在妳還在猶豫，這樣是不可能贏的。」

「我說了，不是的。搞不清楚狀況耶你！」樹理生氣地揮著雙手，「我一點都沒有要逃避這場遊戲的意思。我想報復那個家啊！我想確認的是爸爸在不在家。他要是不在家，發送傳眞也沒意義。剛剛提過，傳眞機在他的房間，沒得到允許誰也不准碰。」

「嗯……」我將威脅信重新放回傳眞機上。「雖然如此，但妳爸爸不會一直不回家，總會注意到傳眞吧。」

「那就不知道會是什麼時候了，我討厭這樣。不弄清楚爸爸到底看了威脅信沒有，我晚上根本無法睡覺。」

我食指伸入耳朵搔了搔癢，不是不能理解樹理想說的話。

「光從外面看，沒辦法知道葛城先生回家了沒吧？」

「看車庫就知道，他回家的話車子應該在。」

「也是。」我不得不點頭，「是傳眞和電話兩用，還是……」

「是專線，號碼跟電話差一號。」

「傳眞過去的時候，提示音和電話一樣嗎？」

樹理搖搖頭說：「應該是不會響的。」

「那就算葛城先生回家，要看到威脅信也是明天早上的事。這種時間恐怕睡了吧。」

「我還想確認一點。離家出走超過二十四小時，我想親眼瞧瞧，那個家的人在這種狀況下，是不是一樣若無其事地過日子。」

「家裡燈火通明，表示大家都很擔心，妳就會被感動，然後中止這場遊戲？」

我的語氣有些冷淡。

「我就是想親眼見證，這樣的奇蹟絕對不會發生。送出威脅信前看一下家裡的動靜，對這場遊戲沒什麼壞處吧？」
「妳到底想說什麼？」
「搞不好還能觀察是不是有警方的人守著。」
我哼一聲，冷笑道：
「這種狀況下，警方的車子會停在妳家門前嗎？」
「如果有刑警在，至少家裡的燈會亮著。」
「這個嘛……」不無道理，我接著說：「可是，這樣有風險。一旦有可疑的車子停下，就會引起警方注意。況且，妳家裝有監視攝影機，萬一被拍到不就完蛋？」
「只要經過我家前面就好啦，也不會被懷疑。」
我咕噥一聲，雙手交抱，再次看著她。
「要是我說不行呢？」
「要是不行……」她聳聳肩，「也沒辦法，你就依照你的想法行動。不過，我是不會發送傳眞的。」
「來這一招！」
我起身走向窗邊，稍稍拉開窗簾，望著下方的夜景。
要繼續走下去，還是收手？若是樹理在猶豫，就應該中止吧。但玻璃窗上映照出她的表情，並不是害怕。女孩顯露出人生將重新開始的氣勢，而這也是決定遊戲是否進行的關鍵時刻。

我回頭看著她說：「必須喬裝一下。」

「喬裝？」

「不得不小心，以防對方注意到坐在車子裡的妳。」

她似乎理解這句話的意思，微笑點了點頭。

大約四十分鐘後，我和樹理坐在計程車上。不用自己的車，是怕被監視攝影機拍到，成爲證據。

我和樹理在計程車裡，聊著不會讓人起疑的話題——足球和連續劇。不能給計程車司機留下可疑的印象，幸好司機對我們沒什麼興趣。樹理穿連帽衫，再罩上牛仔外套，兩件都是寬鬆的衣服，反正更奇裝異服的年輕人到處都是。我則穿著皮衣。司機大概會覺得是一對半夜玩瘋的奇怪男女吧。

計程車來到田園調布的住宅區。我替樹理向司機詳細說明該如何走，接近葛城家的時候，我的手心不禁冒汗。

總算在右前方看見那幢大宅，但沒理由要司機放慢速度。

「請直直地向前開。」

我交代完司機，樹理拉起帽子蓋住頭，再將牛仔外套拉緊，下巴往後收，藏起臉龐。

經過葛城家時，車子的速度並沒有慢下來。我們集中注意力，在短短的時間裡觀察房子的情況。

經過大宅後，我們對望一眼。樹理輕輕點頭，我也點了頭。看來，整棟房子都已熄燈。

接著，我們隨便找了個地方下車，走一小段路再招一輛計程車。回程途中，兩人沒說一句話。

回到公寓，我們再次面對傳眞機。

「總之，妳家的燈都是關掉的。車子呢？」

「要是沒看錯，爸爸的車好像在車庫。」

「也就是說，葛城勝俊回到家，並且已就寢。這表示目前並沒有警方的人在監視。」我盯著傳眞機，「要傳威脅信，只能趁現在。」

「早上也可以吧？」

「到了早上，狀況又會有變化，到時妳會產生新的不安。要傳就立刻傳，錯過這個機會，遊戲就中止。」

樹理注視威脅信遲疑著。我瞥向牆壁上的時鐘，只想給她十分鐘。若是超過這個時間就罷手。

沉默持續了五分鐘左右，她抬起頭說：「好，我這就傳。」

「之後就不能回頭了。」

「你也不能中途退縮。」

「再乾杯一次如何？約定之杯！」

樹理搖搖頭，站在傳真機前。確定放好威脅信，設定成免持聽筒後，她的手指慢慢接近數字按鍵。

6

半睡半醒地不知道經過幾個小時，我從沙發上爬起來，和平常一樣，做柔軟操、伏地挺身、仰臥起坐，接著躺在地毯上調整呼吸。上方突然出現樹理的臉，「早安！」

「妳起得很早嘛，還是沒睡著？」

「肚子餓了。」

「稍等，我現在準備。」我起身走向廚房。

早餐吃吐司、水煮蛋和蔬果汁。煮咖啡有點麻煩。

我咬著吐司打開電腦，檢查電子信箱。只有兩封信，而且是可回可不回。汽車公園案的挫折，讓我變成黑名單，但我絕不認輸，一定會捲土重來。

我察覺背後有一道視線，回過頭，只見樹理盯著電腦螢幕。什麼事？我問她。

「爸爸不曉得看到那封信了沒？」她猶豫地開口。

「要確認一下嗎？」

「嗯。」

我點開瀏覽器，進入CPT車迷俱樂部的網站，掃視公布欄。

比昨晚多了兩則留言，但都不像葛城勝俊的訊息。

「沒有回音。」我邊說邊下線。

「他還沒看到吧。」

「應該不會，特地把傳眞機放在書房，就是預防有緊急的事情要聯絡。早上一起來，通常會先檢查有沒有收到東西。他現在大概在看威脅信，思考著要怎樣應付。」我看一下時間，早上剛過八點。

離開電腦，我把剩下的吐司、水煮蛋和蔬果汁吃完。

「我們來推敲妳爸爸會採取的行動。首先，他會跟警方聯絡。以他的地位，一定會有一、兩個關係良好的警察朋友吧。專門負責綁架案的搜查員大約一小時後會到你們家。這段期間，妳爸爸會打電話到公司，表示有私事要處理，暫不露臉。其餘的時間，除非有什麼緊急的事，否則一定是緊盯著家裡的電話。然後，他也會通知幫傭的太太今天不用來了，並且禁止妻子和另一個女兒外出。嗯，差不多是這樣吧。」

「那跟銀行的聯絡呢？」

「妳是指贖金的事？還早，要等和警方談過吧。況且，畢竟是雄霸一方的葛城勝俊，如何張羅三億圓這種小數目，他早就心裡有數。光看他的面子就會拿錢出來的銀行多得是。」

我走進浴室迅速沖個澡，邊刮鬍子邊盤算今後的事。反正葛城勝俊一定會在網頁上回信，而且是回覆交易，絕不會錯。但不會就這樣結束，他八成會先開出條件，想確認女兒的安全之類。那麼，這邊該怎樣回應？

我刷完牙回到客廳，樹理坐在沙發上看電視，好像是新聞節目。

「你要去公司？」

「這麼說，我看起來還像個上班族？」

「這段期間我要做什麼才好？」

「雖然想說隨便妳喜歡怎樣都可以，但真的太隨便了，怕會有麻煩。首先，妳不能走出公寓，這是大原則。不管是誰按對講機都不用理，也嚴禁撥打和接聽電話。守住這些約定，在這裡隨便妳高興做什麼。」

「肚子會餓耶……」

「冰箱有冷凍炒飯，食物櫃裡有加熱調理食品及罐頭。抱歉，今天先忍耐一下。要喝紅酒或啤酒也行，但不要過量，喝醉做出奇怪的事惹麻煩。」

「便利商店也不能去？」

「妳能不能想想我們在做什麼啊？又不是單純的躲貓貓遊戲！」我豎起食指，「更正，不是我們在做什麼，而是我們正在進行什麼。遊戲開始，無法回頭了。」

她應該懂這些道理，但還是用想分辨是非的尖銳眼神回望。其實，她愈是露出這樣的表情，愈令人安心。

我出了公寓，跟平常一樣搭地鐵上班。望著映照在玻璃窗上自己的影像覺得很滿意，怎麼看都是上班族，完全看不出是企圖綁架、威脅他人的歹徒。這世上哪有穿著亞曼尼西裝去上班的綁架犯？

在我眼中，犯罪沒什麼大不了，尤其是以金錢爲目的的犯罪，就跟上班工作一樣。不同的僅僅是，上班工作是想辦法鑽法律的漏洞，而犯罪是必須挖空心思鑽警方的漏洞。至於脅迫和交易，其實是同一碼事，只不過和死腦筋的客戶交手輕鬆多了。

雖然跟樹理說已不能回頭，但我心裡並不這麼想。若是感到危險，速速撤退就好。要樹理封口不難，她也想隱瞞這場惡作劇的綁架吧。萬一被識破也沒什麼可怕的，她只要說是被騙才配合這場惡作劇就行啦。她會主張是我的主意吧，但又沒有證據。其實，整件事最重要的是，被害者葛城勝俊害怕眞相在社會上曝光。

當然，我一點也沒有要回頭的意思。到今天爲止，任何一項挑戰我都不曾失敗，這場遊戲也一樣，一定要過關斬將才行。

公司只有一些無聊的雜務等著我。那是當紅少女歌手主演的電影，和同名電玩的聯合宣傳工作，我不認爲這樣無聊的企畫案有必要動用到一個大男人。在開會時思索拿取贖金的方式，還比較有趣。

回到座位後，我再度上線查看CPT的網站，確認葛城勝俊有沒有回覆。

大概還在跟警方商量吧，我有點後悔沒寫上期限，這樣對方就有足夠的時間考慮如何應付了。

「你在看什麼？」背後有個聲音傳來。

在思索是誰的聲音之前，我先把螢幕上的視窗關掉。回頭一看，杉本半彎著腰，也就是說，在這之前他就在看我的電腦畫面了嗎？

「發現什麼有趣的網站？」他又問了一次。

「沒，只是消磨時間而已。」讓他知道是什麼網站就麻煩了。「我打算蒐集一些偶像電影的資料。」

「啊，栗原優美主演的那部電玩主角的電影案子？」

「是啊。」

「辛苦啦！」

杉本臉上的表情，是既同情我又有一種優越感。他心裡應該想著，兩人的立場完全逆轉了。

幸好，他似乎不知道我在看的這個網站。

「今天不是要跟日星開會嗎？」我問他。

「嗯，原本應該有會要開，但剛剛緊急聯絡說取消了。」

「日星說要取消？」

「是啊，好像是葛城先生有事。」

「葛城先生？」

「副社長不出席也沒什麼關係，只是這次的企畫沒有他無法順利進行。」大概發覺在我面前多說了不該說的話，杉本留下一句「那我先走了」便離開。

我的食指敲著桌面。就算是葛城勝俊，收到歹徒的威脅信也會感到狼狽吧。此刻，他在家裡想必是臉青一陣、紅一陣。

中午離開公司，在附近的咖啡店吃飯。飯後喝咖啡時，我重新思考取得贖金的方法。

三億圓的數目，體積相當可觀，就算塞到袋子裡，一個也裝不下吧。假設裝得進去，搬運也是個大問題。

綁架犯會被逮到，通常是沒有深謀遠慮，計畫該如何取得贖金。然而，對警方來說，交付贖金是抓人的好時機。警方會預先設想許多狀況，布下天羅地網。

喝完咖啡回到辦公室，公司內部的氣氛有些變化，一些同事的動作特別急迫，我抓了身旁的後輩來問，發生什麼事？

「哎，這可是件大事，日星汽車的副社長好像要來。」

「葛城先生來這裡？爲什麼？」

後輩搖搖頭說：

「不太清楚，剛剛突然接到聯絡，害負責新車活動的人慌慌張張的。」

「喔……」

我也有點混亂，到底是怎麼回事？雖然是情婦的孩子，畢竟是親生女兒被綁架，還有心情出來辦公嗎？

只有一種可能，就是葛城勝俊尚未看到威脅信，以爲這個不受教的女兒只是沒報備要連續外宿。

他究竟是沒收到威脅信，或是收到了還沒看？若是後者，沒什麼問題。若是前者，可就頭痛了，得去找沒收到的原因。

我拿起桌上的電話打回自己的住處，想確認葛城家的傳眞機是不是有問題。但響了三聲後，忽然想起我不准樹理接電話。

沒辦法，我再次打開電腦上線，進入CPT車迷俱樂部的網站，看一下公布欄。

就在那一瞬間，我差點發出驚呼，因爲看到這樣的回覆：

希望購買（Julie）（*1）

大家好，我叫Julie。這次有人問要不要買CPT，我想買。不過價錢很高，籌錢需要花一點時間，我也必須先了解契約的詳細內容。

Julie這個化名與樹理不會是偶然相同吧，而且內容是希望交易，應該不會錯。換句話說，這是葛城勝俊的留言。

我有點呆掉，忽然有人拍我的肩膀。是小塚。

「社長……」

「抱歉，打斷你的工作。」他壓低聲調：「可不可以一起出席？我想你也聽說了，葛城先生要來。他希望你能夠出席。」

我噘著嘴對他說：

「到今天這種地步了，爲什麼要我出席？我是個毫無用處的人，或者，該說是一個過去式的人？」

小塚神情疲憊地揮揮手：

*1 ジユリ，讀音爲Julie，與樹理的日文發音相同。

「說話不要那麼酸。事實上，葛城先生提了個很奇怪的事。」
「很奇怪的事？這次又是什麼？」
「不確定，他想看看電玩遊戲。」
「電玩遊戲？」
「就是我們公司企畫的電玩遊戲。他要我們選出十種代表作品，就內容和開發的理由，聽取我們的說明。不知道他的目的是什麼，會不會是想從中找到一些新車發表案的靈感？」
「他怎麼會做這種奇怪的事？」
「我有相同的疑惑。不過，他說想看，總不能不給他看吧。」
「那為什麼也找我？」
「他選的電玩裡有一個是你企畫的，若他要求說明，得有所回應。」
「這樣啊。」
算了、算了，我嘆一口氣，從椅子上站起。
這就是葛城勝俊，不知道他要做什麼。由網站公布欄上的留言，可確定他讀了威脅信。哪有女兒被綁架，還能以平常心出來辦公的父親？還是，對於威脅信，他根本不當一回事？雖然依照指示回應，但只認為是惡作劇？或者，以為這樣的事就能讓他驚惶失措太可笑了？
不，很難這麼解釋。樹理不見了是事實，而且本人一直沒跟他聯絡，自然會認為是被綁架。

說不定，這是警方的指示。警方告訴葛城勝俊：葛城先生，先冷靜下來，犯人不會輕易對樹理小姐動手，畢竟是重要的人質。慌慌張張被媒體發現反而糟糕，所以，您還是依平常的作息，照樣上班、照樣工作，有什麼動靜馬上聯絡。夫人在家就好，其他的交給我們，反正犯人不使用電話——應該是這種狀況吧。

只是，我很在意他要來公司聽取電玩企畫的說明。這是爲了什麼？會不會察覺犯人是公司裡的人？不太可能。

在來賓接待室等待，邊東想西想的時候，伴隨著敲門聲，門打開了。開門的是接待小姐，在她身後隨即出現葛城勝俊的身影。

葛城勝俊蹺著腳坐在單人沙發上，聽著賽博企畫員工的說明。他的面前擺著配備液晶螢幕的電腦，畫面上呈現各種電玩的介紹和市場上的目標對象。這些當然都不是急就章，而是開發提案時的資料。電腦旁邊放著一台接遊戲機的小電視，實際展示商品化的遊戲種類。電玩機的控制器也放在葛城勝俊的面前，但看不出他有伸手去碰的意思。

我等著上場，邊窺視他的表情。他不太有興趣地看著電玩介紹，提出的問題卻很實在，而且尖銳：在什麼意圖下做出這款遊戲、爲什麼認爲會有市場、會不會對自己的感覺產生質疑。其中不乏答得不知所云的人。光看這種情況，實在無法想像葛城勝俊是要藉此辨認綁架女兒的人。

總算輪到我上場。我介紹的是名爲《青春面具》的電玩遊戲。

其實這是款人生遊戲。玩家和某個人物的誕生相關，但由怎樣的雙親所生，則是由電腦決定。玩家最初可選擇從父母那裡得到何種遺傳因子，決定孩子是男生還是女生。孩子出生後，雖然從幼稚園、小學、中學一直往上升學，但期間要讀什麼書、和哪些朋友玩、使用多少時間等等都必須做選擇。如果考慮到將來的出路只一味地讀書，可能會落入某個陷阱。這款遊戲最大的賣點就是，玩家選擇的角色面貌，會依照人生經驗而有微妙的變化。

「設計理論是根據面相學，」我向葛城勝俊解釋：「面相是人所處的環境，還有其所經歷的一種表現。譬如，將某特定職業人物的臉蒐集在電腦中平均化後，就會得到那種職業才會有的面相。政治家的臉、銀行員的臉、色情行業的人的臉，這些都確實存在。但不會依面相來決定命運，而是依所走的人生道路來決定面相。這款遊戲有趣的地方之一，就是累積各式各樣的經驗後，會得到怎樣的一張臉。」

「問題不在於臉吧？」葛城勝俊開口：「聽你的描述，結果就是一張臉。我想，人並不是爲了一張臉而活。」

「所以，我才做了之前的說明，這只是其中有趣的點之一。人並不是爲了一張臉而活——正是如此。然而，在人生中，臉是很重要的。在各個階段裡，臉會影響人的命運，像是面試的時候，或是相親的時候。想進入演藝圈的女孩，在十幾歲接受整形的人不在少數。這款遊戲裡，在人生經驗累積的過程中形成的臉，也必須接受幾個階段的挑戰。不與人交際，只知道讀書過一生的人的臉會顯得神情異常，給人的第一印象並不好，往往在面試或相親的場合不會有好的結果。要爲自己的面相負責——這是自古以來就有的說法。」

「這樣的話，若是遊戲玩家因錯誤的選擇無法得到期望的臉，最後只能得到挫折感嗎？」

「眞實人生不也是如此？但畢竟是遊戲，在這種時候可使用祕密武器，就是面具！緊要關頭，玩家可替主角戴上用預備好的面具。這副面具是那個時間點的複製，玩家可將這張複製的臉做某種程度的變化，比方不愛笑的臉變成愛笑的臉。只是，使用面具的次數會受到限制，不能一直戴面具，玩家必須爲主角的臉不斷努力。這款遊戲的終極目的是要抓住幸福。爲了得到幸福，需要怎樣的面具？玩家得持續摸索下去。」

話或許說得有些冗長，無法知道葛城勝俊到底聽進多少，讓我有些不安。或許，在這種狀況下，不管我說什麼他都沒有用心聽。

「雖然我不曉得會不會大賣，」葛城勝俊開口：「不過，這倒是個發人深省的主意。經驗造就面相，然後這副面相決定命運，在某種意義上，還滿接近眞實。」

「不敢、不敢。」

「但在重要場合戴上面具會如何？對苦於人際關係的年輕人來說，可能是個方便的道具。只要是人都會遭遇挫折，說是必要也不無道理。」

「不過，這只是個遊戲。」

「就算是個遊戲好了，讓玩家承認自己能力不足也很重要。」葛城勝俊整個人坐進沙發，雙手交握放在膝上，抬頭看著我說：「我要問你一個問題。」

「請說。」

「你對自己的臉負責嗎？」

我一時無法回答，不知道他的用意何在。

「我想是的。」

「這樣的話，對你來說，爲了得到幸福的面具，正是你現在這張臉？」

「嗯……您覺得呢？」我露出應酬的笑臉。

葛城勝俊頻頻看著我，接著轉向小塚說：

「謝謝，請下一位進來。」

7

回到公寓時，樹理似乎在廚房。從味道判斷，她大概是在煮東西。

「還有做奶油濃湯的材料啊？」我站在廚房門口問她。

樹理穿著我的襯衫和毛衣，還拿我的T恤綁在腰上當圍裙，就這一身裝扮攪動鍋裡的食物。

「冰箱裡有好幾種魚，蔬菜好像快爛了，不過還能吃。」

我才想到這些原本是買來做焗烤飯的。

「妳沒有和別人碰面，也沒接電話吧？」

「才沒有！我怕別人知道有人在家，連電視的聲音都關得小小的，走路也注意不出聲。白天電話響了，不過我沒接。」

應該是我打的吧。總之，樹理的警覺性似乎沒有降低。

她留意著瓦斯爐火的大小，煮濃湯的大鍋子截至目前爲止我沒用超過兩次。

「沒想到妳這麼會煮東西。」

「才不會，我只是無聊。你肚子餓了嗎？」

「我吃飽了，幫妳帶了這個回來。」我拿起紙袋。

「裡面是什麼？」

「便當。」

她看著紙袋裡，睜大眼睛說：

「『安萬』的便當，好棒！這家店的料理長偶爾會上電視呢。那我吃這個吧。」

「濃湯怎麼辦？」

「這樣的東西隨便啦。」樹理走到鍋子前把火關了。

等我進寢室換好衣服，回到客廳，她已吃起便當。只見她一口一口用心品嘗，逐一評論，我則喝著罐裝啤酒聆聽。

「對了，今天我見到妳爸爸。」

她停下筷子：「在哪裡？」

「他到我們公司來。女兒都被綁架了，眞不知道他在想些什麼。恐怕是警方的指示吧，要故作鎭靜，最好一直待在工作的地方。」

「我的事他才不管。」

她又吃起晚飯。

「先不去猜他眞正的想法，不過他應該明白這是件麻煩事。因為他看到威脅信，並且有回應了。」

「眞的？他到網站上回覆了嗎？」

我打開電腦上線，進入網站。

「哦，回應的留言增加嘍。」

除了白天看到的留言外，出現其他新的回覆。

想確認品質（Julie）

我是新加入的Julie。有人打算讓出新的CPT，但我想親眼看一看，確定有沒有傷痕，也想聽聽引擎的聲音。付錢一事，至少要等這些確定過之後吧。我是這麼想啦，大家是不是也有同感？

樹理吃著吃著又停下來，看著螢幕。我對著她的側臉說：「嗯……妳認爲呢？樹理小姐？」

「結果是……」

「先要確認妳沒事，再談交易——就這個意思。」

「你有什麼打算？」

「這個嘛，怎麼辦呢。」我在沙發上坐下，伸直雙腿，喝著啤酒。樹理望著我。

敵方這樣說，主要有兩個理由：一是想確定人質眞的安全，另一個則是想讓犯人露出馬腳。敵方，也就是警方，最期待的應該是犯人打電話來，然後要樹理講電話，在反偵測的同時，看可不可以得到情報。現在葛城家約莫裝了電話錄音和其他有的沒的一大堆機器，刑警也一手拿著耳機等待吧。

這是有關綁架的小說和電影裡，一定會出現的情節。一旦受害者家屬要求確認人質的安全，犯人就得絞盡腦汁，思考怎樣才能妨礙警方的追查。這可說是警方和犯人第一次短兵相接。有些綁匪甚至會利用電視的現場轉播來展示人質。

想想這是很奇怪的事，犯人沒道理答應受害者家屬的要求，單方面提出條件即可。若是停止交涉，損失的是受害者。同理，這次我也無視這些要求就好。人質的安全在付錢之後還是能確認的，爲什麼？因爲人質將毫髮無傷地釋放——應該可以這樣回應。公布欄上的「Julie」附帶寫上了電子信箱地址，想必是考慮到我這邊會使用電子郵件回覆。

「不能打電話吧？」樹理說。

「會沒命的。」

「也是。」

「妳想打電話嗎？」

她搖搖頭，「才不想！」

「這個時間點，除非是蠢過頭的犯人，否則才不會做這樣的事。只是，我也想過，要是做了這樣白癡的事，應該會很有趣。」

「很有趣的意思是……」

「這是場遊戲啊，不有趣就無法開始。可是，沒道理只是單純地打電話。」

要是打電話，就得要有什麼好處才行。我期望的好處是攪亂搜查，那麼，該怎麼做？

我正在思考，「喂……」樹理微微動了雙唇。

「什麼？」

「提到電話，我突然想到，我……可能做了不該做的事。」

樹理難得語氣如此客氣軟弱，我有種預感，情況不妙。我眼神一變，銳利地盯著她。

「昨天，你問過我，離家出走後有沒有跟誰通過電話？」

「啊！喂，怎麼可能……妳沒說出去吧？」我不禁站起來。

「我沒說啦，不過……打了電話。」

「這是怎麼回事？」

「有個叫由紀的朋友，我原本想先到她住的地方，於是打了電話過去。別那樣看我，當時沒想到事情會演變成這樣嘛。」

「算了，妳繼續說。」我開始頭痛了。年輕女孩總是這麼任性！

「不過，由紀不在家。後來，我才想到她這個月去美國，所以電話都沒人接，只有答錄機的聲音。」

「妳不會在答錄機裡留話了吧？」

面對我的質問，樹理嘔氣地垂下目光。我忍不住狂搔頭。

「妳到底留了什麼話？」

「我是樹理，忘了妳去美國還打電話。」

「然後呢？」

「只有這樣，馬上就掛斷了。」

「爲何這個時候才告訴我……」

我重新在沙發上坐好，皺著眉，盡情地伸了個懶腰。

「我什麼都沒有說，所以直到剛剛都忘得一乾二淨。」

「妳知不知道，答錄機會確確實實記錄時間？由紀從美國回來，就會知道綁架的時間點，說不定還會詳細調查，因爲朋友被綁架了！還有，那段留言讓人聽到會怎樣？被綁架了還能悠哉地打電話，不會引起懷疑嗎？」

「我想應該沒關係，基本上她是個溫吞的人，不會注意到時間上的矛盾。」

她話說到一半，我開始搖頭。

「我想完美地把這場遊戲玩到結束。像是『沒關係』這種曖昧含糊的說詞，有可能玩得下去嗎？」

「那到底要怎樣！」樹理生氣地應道。

我用雙手的食指揉眼睛，輕吐一口氣：

「我決定了，計畫中止，遊戲就玩到這裡。」

「怎麼這樣……」

「沒辦法，萬一由紀發現時間上的矛盾，跟誰談到這件事，會變成什麼情況？要是這個人還熱心地通報警方呢？之後警方發現這不過是惡作劇，跑去質問妳呢？那就玩完了！」

「我絕對不會說的，死都不會說的！」樹理斷然回答。大概是想表示決心，她嘴巴抿成一條線。

「警方的調查沒妳想像中那麼簡單。雖然我也不是非常清楚，但肯定不是妳這種固執小女生能應付的。」

小女生被念過後心裡不痛快，板著一張臉。我沒心力跟她耗，一口氣喝光啤酒，一手捏扁罐子。

既然計畫要中止，爲了自身著想，讓樹理早點回去比較好。可是，直接讓她回去也不妥，畢竟威脅信發出去，警方恐怕已有動作。必須編個故事來說明我是受到樹理唆使，跟著玩起惡作劇才行。問題在於，要如何說服樹理？

「喂，我有個提議。」

「在聽妳說之前，我想先說我的提議。」

「我不要聽遊戲中止的話。」

我只好抬頭望著天花板，就像外國電影裡常有的鏡頭，舉雙手投降。

「我想去消掉。」她完全無視於我的反應。

「消掉什麼？」

「答錄機裡的留言。消掉留言就不會有問題了吧？」

「怎樣消掉？那是別人的電話啊。」

「她說在美國的期間，我可以隨意使用她的房子。我知道鑰匙藏在哪裡。」

「由紀的房子在哪裡？」

「橫須賀。」

「橫須賀？幹麼偏偏選在那麼遠的地方？」

「開車差不多一小時，快去快回不就好了？」

「說得真容易。主人不在，可疑的男女進了房子，管理員或附近的人看到一定會起疑。」

「誰會那麼蠢？你不進去會比較妥當，那是女性專用的公寓。你在橫須賀港看船等著就好啦。」

「當我是蠢蛋啊！」我不屑地笑，腦海浮現去過幾次的橫須賀街景。

我忽然靈光一閃。

8

住在東京都內幾乎用不上車子，和女性約會也難得開車，吃飯要忍著不喝酒，又老是塞在大排長龍的車陣裡，一點也不有趣。而且，我的車是MR-S，將車篷收疊起來，變成敞篷車，才能顯現出這輛車的味道。

若要悄悄往返橫須賀，不能搭計程車。我讓樹理坐在副駕駛座，開出停車場，當然是架著車篷。出了東京，某種程度上空氣也比較乾淨，但唯獨今晚不想打開車篷。

「你喜歡這樣的車子？」出發沒多久，樹理問道。

「這樣的車子？」

「雙人座的跑車。」

「不行嗎？」

「不是不行啦。」

「沒有三人乘坐的必要啊。我沒興趣和男人開車兜風，一起坐車的女人一個就夠了。」

「那載東西的話，要放哪裡？」

「妳座位後面有足以放旅行袋的空間。」

「總有要載很多東西的情況吧？」
「這車買的是移動性能。」
在這個問題上樹理沒再說什麼。她好像聳了聳肩膀，我沒看得很清楚。
「可以聽ＣＤ嗎？」
「喜歡的話，請！」
對於播放的音樂，她的反應完全在我的預料中。「這是什麼？沒聽過耶。」
「爵士鋼琴手編曲演奏巴哈的音樂。」
「喔……」她明顯不太滿意，但並未關掉。
ＭＲ－Ｓ車款沒有離合器，我握著發出銀光的握桿，換檔加速。
從箱崎上首都高速公路，如樹理所說，約一小時後從橫濱橫須賀道路下。出了橫須賀交流道，開上本町山中道路，幾分鐘就到汐入車站前。
「開到那邊的餐廳停車場吧。」
照著樹理的指示，我把ＭＲ－Ｓ開進停車場。
「你在這邊等一下，我一個人去。」
「離這裡近嗎？」
「用走的有一點遠。不過，這種醒目的車停在公寓附近會有風險吧。」

她的顧慮沒錯。我告訴她手機號碼，叮囑萬一有事打電話聯絡，然後目送她離開。她越過寬闊的國道，消失在小巷弄裡。

我在餐廳喝著不怎麼好喝的咖啡，一邊思索之後的計畫。樹理在朋友的答錄機裡留話是個敗筆，但若順利消除，便能繼續進行。

最大的問題在於，如何拿到贖金。三億圓，體積和重量都不是普通的尺寸，要運走得有車。只是車子容易被跟蹤，況且我不想採用帶著現金逃跑的原始方式。

把三億圓換成有價值的東西，拿到後再換回現金？譬如，要對方準備價值三億圓的鑽石，這樣搬運也方便。可是，換現金時怕引起懷疑，所以一顆鑽石的價值必須在一百萬圓以下。一百萬圓的鑽石三百顆……

我搖搖頭。一、兩顆鑽石要換成現金還有可能，但三百顆恐怕有問題。若一家珠寶店賣兩顆，就必須找一百五十家，而且店家之間的聯繫緊密，有個奇怪男人賣來源不明的鑽石的謠言，一瞬間就會傳遍所有業者，不到五家便會被埋伏的員警盯上。

用銀行匯款的方式，當然需要人頭帳戶，這並不難，網路上就有販賣人頭帳戶的業者，問題在於如何領出錢。無法到銀行櫃檯，只能從自動櫃員機，但一天可提領的金額有限，要領三億圓，就算使用數個戶頭，也要花上好幾天。警方想必會要求銀行協助，盯住這些戶頭的動向，在使用提款卡領數十次後，可能就會被警網包圍，加上監視錄影器留下證據也是個麻煩。

思考到這裡，結賬櫃檯的電話突然響起，穿制服的年輕服務生接聽。

只見服務生一臉驚訝，拿著無線電話跑到外面，很快便回來，匆匆又消失在櫃檯後方。

過了一會，像是店長的胖男人和剛才的服務生走出來，火速跑到外面。再回來時，兩人明顯都是一副困惑的表情。

兩人似乎在討論，然後分別走近各桌的客人，對著客人說些什麼。年輕的服務生走到我這邊。

「嗯……請問……」他戰戰兢兢地說著。

「什麼事？」

「請問您今天是開車來的嗎？」

「是啊。」

「是怎樣的車呢？」

「是MR－S。」

「M……R……」

他好像聽不懂。

「深藍色跑車，有車篷的。」

服務生臉色一變，「嗯……車牌是品川的號碼？」

「是的。」我有一種不祥的預感，準備站起來。「發生什麼事了嗎？」

「您的車……被人惡作劇噴漆。」

我沒聽他說完便跑出去。

在外面看到車，我一臉錯愕。一個車頭大燈被噴成紅色，我只能瞠目結舌。「哪個王八蛋……」

我呆呆地站在車子前面，望著眼球充血般的車燈，服務生拿著東西跑近說：「這個……我先拿這個過來，或許……」

是揮發油和毛巾。我也懶得道謝了，接過之後，把揮發油倒到毛巾上，開始擦拭車燈。才剛噴上的吧，玻璃的部分很容易就擦掉，但板金我提不起勁用力擦，還好車體被噴到的範圍很小。

「呃，是這樣的……」不知何時，那個像店長的胖男人站在後面說：「本店不負責停車場的車子遇到的麻煩。」

「知道，我沒有要求賠償的意思。」我把揮發油和毛巾還給他，「謝謝你們。」

「要報警嗎？」服務生問。

「算了，我不想鬧大。」要是報警就麻煩了。「好了，你們都進去吧。」我本能地回頭張望四周，沒道理噴漆的人還在附近吧。

「截至目前爲止，本店從未發生過這種事。」胖男人試著解釋，我什麼話也沒回答。

回到餐廳裡，喝咖啡的閒情也沒了，付完錢走到外面，我坐在車子裡等樹理，但一看見油漆痕跡就心煩。這部MR–S跟新車一樣，但對它的不捨已淡了。

大約十分鐘後，樹理返回。她似乎要走進餐廳，我按一下喇叭引起她的注意。

等她坐進車子，我告訴她車子被噴漆的事。她露出驚訝的表情，特地下車查看受損的狀況。

「眞糟糕，是不是飆車族幹的啊。」她再次坐進副駕駛座。

「最近飆車族才不幹這種壞事，大概是附近的中小學生的惡作劇。」

「或許吧。」

「對了，妳那邊事情辦得怎樣？順利嗎？」

「那個啊，完全沒問題。」樹理做出OK的手勢。「藏鑰匙的地方沒變，要進去很容易，答錄機裡的錄音也順利消除。」

「沒被其他人看到吧。」

「你覺得我會犯那樣的錯誤嗎？」

「嗯……不知耶。直到剛剛妳都忘記曾在答錄機留言，我認爲是個大失誤。」

[redacted]

「不過，終究還是想起，也擦完屁股啦！」

「是啊，甚至特地跑到橫須賀來。」我發動引擎。

出了停車場後，我並未循著回家的路走，而是開往反方向的道路。

「你要去哪裡？」

「妳就閉嘴，包在我身上就是了。」

之前來過橫須賀，憑著當初的印象開車。只要走過一次我大概可以記得八成左右，這也是我自豪的一點。

避開車多的國道，走小路往山區開去，民家愈來愈少，漸漸接近森林，總算看到斜前方淡綠色燈光照射的建築物。那裡有停車場的標誌，我把車速放慢。

「你想做什麼？」樹理的聲音有點尖銳。

「叫妳閉嘴。」

「這叫我怎麼閉嘴？我沒聽說要到這種地方來。」

我無視樹理的抗議，把車停在路旁，拉起手煞車，然後熄火。

「嗯，走吧。」

「去哪裡？」

「這是很清楚的事啦，進去那棟美麗的建築物。」

但樹理連安全帶都沒要解開的意思，維持身體向前的姿勢，表情也很僵硬。我低聲笑了出來。

「眞是奇怪了，到目前爲止，妳一直在我住的地方，與我單獨相處。那樣妳都不在意，跟我進賓館妳會抗拒？」

「但這種……」

「爲了那種目的的地方，所以……嗯？」

樹理無法回答，我又放聲大笑。

「不要誤會，有件重要的事得處理，所以需要一個房間。」

「什麼事？」

「當然是遊戲的一環。光是爲了消除留言，我會大老遠跑一趟嗎？」

樹理的臉色稍稍緩和，顯示出她明白了，不過仍有些驚訝。

「既然如此，爲什麼不把車停進停車場？」

「這個賓館的停車場裝有監視攝影機，會拍到車牌號碼。顧及現在要做的事情，就不能讓我的車子留下任何記錄。」

「是喔。」她曖昧地點點頭，看著我說：「你很清楚這裡的事嘛。」

「之前曾擔任這家賓館的諮詢顧問。」

兩人並肩而行，邊留意監視攝影機，邊走進賓館。我們分配到的房間，是單一色調的素雅設計。一進到房內，我便打開窗戶。以爲只是進到山裡，卻意外看得到海，偶爾還聽得到汽笛聲。

「你打算在這裡做什麼？」

「妳馬上就會知道，在漂亮的沙發上等著吧。」

但樹理沒坐在沙發上，反而坐在蓋著床罩的床上，很有興趣地看著室內的裝潢。她是第一次來這種地方，還是和以前去過的地方做比較，這一點我就無法判斷了。

我在沙發上坐下，拿出記事本，然後取過房間裡的筆，著手寫一篇文章。

「你在寫什麼？」

「不是要妳稍等？」

她躺在床上彈了一下，像是要確認床的觸感。然後，她拿起桌上的搖控器，打開電視，不斷轉換頻道。轉到成人頻道，畫面上剛好是裸體的年輕女人張開雙腿，男演員正對著她惡作劇。當然，這是有馬賽克的，敏感的地方都看不到。

樹理急急忙忙將電視關掉，我忍住不笑。

「眞意外，妳滿純眞的。」

「只是關掉鬼打架的節目罷了，想看就開給你看啊。」

「不用了，謝謝。我可是在做重要的事情。」

「哦，」樹理蹺腳又放下，「男人實在變態，看那種東西有什麼好高興的？」

「也有女人喜歡看啊。」

「但沒有到男人這種程度吧，尤其中年大叔最白癡，沒什麼零用錢，可是援交一出手就是幾萬圓，只能說頭殼壞掉了。被女孩玩弄還不知道嗎？」

「玩弄？用了滿難的字眼嘛。」我停下手，抬起頭說：「妳眞的這麼想？那些大叔是白癡，被小女生利用？」

「不是嗎？」

「聽著，那些大叔都是活在競爭激烈的社會，比誰都清楚一萬圓的價值。付那樣的價錢，是他們認爲有那樣的價值。」

「所以，我說……」

「所以妳想說的是，爲了性而付錢是白癡做的事？才不是。想玩女子高中生，在很久以前付上幾十萬圓也不見得可以玩到。現在花個幾萬圓就能到手，簡直是減價大拍賣，不搶購才奇怪，那些大叔應該是這麼想的。其實，那些小女生更白癡，原本值幾十萬或上百萬圓，用個尾數就賣了。她們大拍賣的不只是身體，連靈魂的價值都大崩盤。」

「她們不會連心都出賣，這只是賣身的生意。」

「那只是她們說給自己聽的，不這樣講，那些大叔不會敞開心房。不過，那又怎樣？這麼說就能讓那些大叔付出更多嗎？那些大叔抱著女孩，想的是：其實這女孩死都討厭跟我做，但沒什麼關係，我該付的都付了就好——換句話說，那些大叔付了錢，就有無視她們內心的權利。這樣的話，爲什麼不能說是靈魂的大崩盤？」

不知道是像機關槍一樣說得太快，還是沒聽懂其中的含意，樹理低著頭沒應半句話。我嘆了口氣說：

「這世上有些東西比錢有價值，我認爲是人心和時間。錢無法打動人心，而失去的時間無法用錢買回來。所以，要是能用這兩種東西來成就什麼，我會不惜成本。」我從筆記本撕下一頁遞給她。「就聊到這裡吧，繼續我們的作戰。像剛剛講的一樣，時間比金錢貴重。」

「這是什麼？」

「讀了就知道。」

樹理看完紙上的內容，慢慢抬起頭，有點僵硬地問：

「從這裡打電話？要我打？」

「是啊。對方希望先確認妳沒事，若是由妳本人直接打電話，他們應該會很滿意吧。」

「爲什麼要特地跑到這裡？」

「有兩個理由。一是考慮到反偵測的情況，另一個是附近有汽笛聲。我不清楚對方是不是裝了某種等級的錄音設備，要是能錄到汽笛聲最好，警方會去分析那是什麼聲音。知道是汽笛，他們應該會推測犯人隱匿的場所靠近海邊。說不定，從汽笛聲還能找出是橫須賀軍港。」

「意思是，要誤導搜查？」

「就是這個意思。」

我拿起床邊的電話按了幾個號碼。不一會手機響起，我看一眼手機螢幕，再掛斷賓館的電話。

「你在做什麼？」

「確認賓館的電話號碼是否會顯示。不過沒關係，妳這樣打就行了。」我硬把電話遞給樹理。

她雙手交抱胸前，看著電話，舔一下嘴唇才說：

「接電話的不一定是我爸爸。」

「一定會是妳爸爸。要是別人接的，馬上說『請葛城先生聽』。若是這種狀況，也只能等十秒，並且告訴對方過了十秒妳就會掛電話。」

「可是，爸爸想必會問我許多問題。」

「大概吧。但沒有多餘的時間，就告訴他無法回答問題，妳只要照著紙上寫的念就

[redacted]

好。」

「我知道了。」她慢慢閉上眼睛，然後再度睜開。「只能打打看。」

我指指電話。樹理吞了一口口水，深呼吸後才伸手拿起話筒。

樹理顫抖著按下號碼。心跳加速，不知道是否有沒注意到的地方，我一而再、再而三地暗自確認。

電話鈴聲從樹理的耳畔傳出，響了三聲，電話似乎接通了。有人出聲，但無法判斷是不是葛城勝俊。

「爸?是我!知道吧，我是樹理。」她看著我寫的紙條。

對方激動地滔滔不絕，連我也聽得到。樹理一臉困惑，吸一口氣說：

「對不起，沒時間慢慢說，你明白的。我不是一個人……你這樣問，我也沒辦法回答。反正你先聽我說，沒時間啦。」

我緊盯著時鐘的指針，過十五秒了。

「我沒事，請放心。拿到錢會放我回去，這些人在旁邊……啊，對不起，時間到了。」

我的手指放在按鍵上，心想再兩秒就切斷的瞬間，遠處的汽笛聲響起，之後我立刻切斷通話。

「成功!」我握拳揮了一下，站起來。關上窗戶後，我回過頭看著樹理說：「幸運是站在我們這邊的，汽笛聲響起的時間點剛剛好。」

但樹理的樣子有些奇怪，縮著背似乎很冷。

「怎麼？」我在她旁邊坐下，她的身體微微顫抖。

正想問她要不要緊，她忽然緊抱著我。

「終於做了，再也無法回頭……」

樹理靠在我的胸前，輕聲說著。

「妳害怕了嗎？」

樹理無法回答，維持同樣的姿勢，連她身體微微的顫抖都傳到我手臂上。

「那是一定的。」我說：「我們做的不是一般的事，是普通人辦不到的事，所以換得的成果應該不小。」

樹理輕輕點頭，抬頭看著我，眼中微微泛著淚光。

一股沒預期的情感一湧而上，說是衝動也可以。我沒注意到的一些東西，正確地說，是注意到卻努力忽視的東西，在我的心中搖盪著。

我將樹理抱得更緊，她似乎嚇一跳，注視著我。

各式各樣的思緒在我腦中交錯，其中不少是我對自身處境的解釋。在這裡抱這個女孩不會造成什麼影響吧，當然會加深兩人的關係，讓計畫往好的方向進行。我的腦子冒出這樣的念頭。

但我放鬆雙臂的力量，她離開我的懷抱。我想做的不是這樣的事情。我現在面對的是一生中最具挑戰的遊戲！

「總之，先離開這裡。我想應該不會被反偵測到，但待久了也沒什麼好處。」

樹理沉默地點頭。

回到車上，發動引擎，正要出發時，樹理說「等一下」，於是我踩下煞車。

「我有個請求……」

「什麼？」

「我想去附近的一個地方。」

「又有什麼事嗎？」

「不是的，是去一個我喜歡的地方。從前，是死去的母親帶我去過的一個地方，可以讓我心情平靜……拜託。」

樹理雙手合掌，我有點吃驚，沒想到這個小妮子會有這樣的浪漫神經。

「有點遠吧？」

「應該不遠。」

「我只想早早離開這個地方。」

「沒問題。但也不是像鼻子和眼睛那麼近的地方，我是指開車不會很遠。」

「喔。」我的腳離開煞車踏板，緩緩移動車子。「妳知道路吧？」

「嗯，大概知道。」

我只能吐一口氣。「好吧，靠導航系統了。」

「明白，那先回到原來的路上。」

「ＯＫ。」我踩下油門，將方向盤大大轉了個圈。

照著樹理的指示，持續在國道上奔馳，然後沿著海岸道路出去。左邊是海，右邊是綿延不絕的小山丘。過了一會，樹理說往右轉，於是我切過方向盤，道路的坡度變得十分陡峭。

「會爬得很高喔，這邊沒錯嗎？」

「沒錯。」樹理相當有自信。

愈往前走民家愈少，四周高起的遮蔽物也漸漸消失，彷彿看得到地平線。爬完坡道，平坦的路往前延伸。

「在附近停車。」

她說完，我接著踩煞車。四周一片漆黑。前後都沒有來車，不過我仍將車靠路邊停下。

「喂，」樹理看著我，指指車頂問：「這可以打開嗎？」

「在這種地方打開？」

「就是在這種地方才要打開啊。」

稍稍猶豫了一下，最後我按下收起頂篷的按鈕。頂篷無聲地收到後面。微涼的風吹上臉頰，夾雜著青草和泥土的味道。

「嘿，好漂亮。」樹理看著上面，用食指指著。

「哇！」我發出白癡般的叫聲。多麼美的夜空！無限寬廣，在一望無垠的漆黑裡，並列著無數光源，簡直完美無缺。光是這樣一直望著，感覺就要被吸過去。

「雖然是老套的話……」

我才說到這裡，樹理一針見血地吐槽：

「隨便你用什麼形容詞，就是千萬不要說像星象儀一樣。」

我仰著頭苦笑，眞的不要用那樣的形容比較好。

「我對星象幾乎一無所知，倒是有點遺憾。」

「我也只知道獵戶座，但又有什麼關係？」她張開雙臂，做了個深呼吸說：「眞的好舒服，不像在日本。」

我重新環視四周，山丘和山谷在黑暗中浮沉，眼前延展開來的是一片不知名的作物耕種地。

「海在哪一邊？」其實我沒特別想知道海在哪裡，但仍說出口。

「這邊、這邊，還有這邊也是海。」樹理指了三個方向，「因爲這是三浦半島的最前端。」

我點點頭，開車來到此地的感覺正如她所形容。

「那……有沒有稍微平靜些？」

「嗯，謝謝你。」樹理微笑看著我，然後眨眨眼：「可以問問題嗎？」

「這次又是什麼？」

「剛剛……你不是要抱我嗎？」

我頓時停止呼吸，避開她的目光，緩緩地說：

「抱過來的是妳吧？」

「我不是那個意思……」她停了一會，「不是那個意思，你知道的吧？」

我沒回答，右手放在方向盤上，動了一下指頭。

「爲什麼不繼續？在那裡待久了會有危險，還是有時間你就會做？」她耳語般地問著，我想都沒想到的問題。

「那我也問妳，」我再次面對她，嘴角揚起：「妳爲什麼抱了過來？跟家裡打電話後感到害怕了？不過，我和妳只是共犯關係吧。」

樹理先是低下頭，然後又翻翻白眼說：

「我想相信你。事情變成這樣，我能依靠的只有你了。」

她流露出的眞摯目光讓我困惑。剛才在賓館壓抑下來的壞念頭，又在心裡擴散。

「斯德哥爾摩症候群。」我說。

咦？她微張雙唇，一副想要發問的樣子。這也是她從未表現出的幼稚純眞的神情。

「恐怖分子和人質相處時間久了，兩者之間會產生一種連帶情感，因爲雙方都希望事情能盡快解決的這一點始終沒變。就是這種心理現象，007的電影裡是如此描述的。」

「我不是人質，你也不是恐怖分子。」

「這是一樣的。在異常狀態下被隔離，儘管是惡作劇，但希望人質和贖金的交換能順利進行的這一點，跟恐怖分子與人質的關係相同。」

樹理搖搖頭說：「有完全不一樣的地方。」

「是什麼？」

「人質和恐怖分子萌生的連帶感是沒有必要的吧，也可說是不自然的。但我們的狀況並不是這樣。」

我舔一下嘴唇，輕輕點頭說：「連帶感確實是必要的。」

「是吧？所以會想要確認，我和你之間的連帶感。」

樹理的眼神攫住我，讓我的視線無法移開。我開始覺得要踩住煞車是件麻煩的事，接著又想，踩煞車已毫無意義。

左手捧過她的臉，唇與唇相接。在親吻之前，我還確認她是閉起眼睛的。

這也不過是個流程吧。親嘴就會想把舌頭伸進去，女人要是沒有抵抗，就會想摸胸部，這樣持續下去，再來就會想把手伸進內褲。

心想換個地方吧，但沒有機會說。要是那樣說，又怕她的性致沒了。我貪戀著她的唇，結果就成了斯德哥爾摩症候群。打電話回家和爸爸說了話，是不是對她的心理造成衝擊？面對這件事，再怎樣她都會有不安的感覺，所以需要眼前這個男人，否則會無法自處吧。

那我又是怎麼回事？愛這個小女生嗎？哪有可能？不會有白痴做這種事！我對樹理有所關心，也不是源於這樣的動機，會在一起完全是其他原因造成。對方是年輕女性，自然會有性欲的情愫產生。只是，我知道主動要求是愚蠢的行爲，於是至今我都沒有表現出來，而且打算直到最後都不表現出來。

自然而然走到這種地步，說不歡迎是假的。我和她一樣想求得心安。要完成像這麼大的一場遊戲，絕對的信任是必要的。男女之間要確認這一點，或許肉體關係是不可或缺的。說重一些，是種錯覺也能成立。不管是一時的憤怒、是愛情假象，都無所謂，斯德哥爾摩症候群本來就是如此吧。

樹理拿出保險套時，我頗爲吃驚。大概是剛剛從賓館順手帶出來的，所以可說是她有這

[redacted]

樣的預期吧。她可能想加深彼此的連帶感，認爲必須有肉體關係。對她來說，搞不好是種標準作法。

在狹窄的車裡，我們的身體相互結合，刺激著對方的黏膜。在我眼裡，樹理似乎很習慣性愛，而且懂得如何在其中得到歡愉。

做完後，樹理說要丟垃圾便下車。她沒有馬上回到車裡，我穿上褲子打開車門。她站在離車稍遠的地方，我從背後呼喚：「妳在幹麼？」

「啊，沒什麼。只是看看風景。」

順著她的目光，可隱約看見海洋。

將視線拉回來時，有個東西映入眼簾，我噗哧一笑。

「怎麼？」

「瞧，這種地方居然有地藏王石像。」

她回過頭，像是在確認：

「眞的耶，都沒注意到。」

「剛剛才說一點都不像是在日本。」

「是喔，」樹理的眼神柔和許多，拉起我的手抱住她。「有些變冷了，我們回去吧。」

「好。」我點點頭，又吻了她一次。

9

回到公寓已將近凌晨三點。一個晚上往返橫須賀，讓樹理打了電話，還在車子裡做愛，身體眞的有點累，但不可思議的是完全不睏。幸好明天是星期六。汽車公園企畫案進行的時候，根本沒有休假，但現在我就算到公司也沒什麼事做。

打開電腦，看一下CPT網站。不出所料，公布欄裡有新的留言：

> 品質確認完成（Julie）
>
> 眞是對不起，我是新加入的Julie。
>
> 瘋車先生，非常謝謝您寶貴的建議。
>
> 剛剛我確認過，怎麼看CPT都沒什麼問題。
>
> 接下來差不多要簽約了。不過，錢還沒準備好，有點困難。明天銀行休息，可能還需要一點時間。另外，之後不知道該如何交貨呢？

瘋車先生，眞不曉得他寫這個名字的用意何在，應該是給Julie建議的親切人士的化名吧。Julie如何在這種三更半夜確認品質？不管是誰，看到這樣的留言恐怕都會歪著頭，感到納悶。

「光是想像葛城勝俊先生打留言時會是怎樣的臉色，就覺得有點奇怪。」說完，我才想到或許是刑警代打。

「這個意思是，確認我沒事，答應交易？」樹理站在我後面，看著畫面問。

「嗯……到底是怎樣呢。」

「什麼？不是已……」

「他不是說準備錢得多花一點時間嗎？這是在爭取時間。接著，居然還要我告訴他交付贖金的方式。反正，對方就是等著看我們這邊會有什麼動作，然後找出我們的破綻。」

「想知道如何交付贖金，當然要先準備好錢。」

「嗯，是啊。我也是這麼想。」我離開電腦前，走到客廳在沙發上坐下，樹理跟過來。

我不停思索，對方到底在打什麼算盤？不可能只是空等，窺探我們會怎麼出現。

「喂，」樹理在我旁邊坐下，「你要怎樣拿錢？想到什麼好方法了嗎？」

「這個嘛……嗯……」我含糊地回答。如果說我根本沒想，不知她會露出什麼表情。絕不能在這個時間點失去她的信賴。

其實，我的想法是，船到橋頭自然直。要攪亂警方的偵查不難，雖然大家都說沒有一件綁架案能順利成功，但在我看來，並非如此。只是綁架成功的案件都沒報導出來而已。爲了保住警察的面子，只能盡力讓電視新聞不報導。媒體大大炒作的都是抓到犯人的案件，所以播映出來的綁架犯往往是沒經驗，而且行動拙劣的樣子。世上一定有聰明的綁架犯。對被害人來說，只要寶貝子女回得來，根本不會想鬧大。畢竟媒體一報導，只會換來犯人的怨恨，對贖回人質一點幫助也沒有。

「收取贖金的方法，你不告訴我嗎？」

「再一步一步告訴妳。」

「你在想，刺激到我就不好了？你擔心我會害怕？我，沒你想像的那麼軟弱。」

「我沒這樣想。」我露出苦笑。這一瞬間，我想到一件事。刺激？這是個不錯的點子。

我點點頭，起身走向廚房，從冰箱拿出兩罐啤酒。回到沙發上，我放一罐啤酒在樹理面前。

「喂，你幹麼奸笑？好邪惡的感覺。」

「我想到有趣的事，能給這些人一些刺激。」

「刺激？」

「我來告訴他們交錢的方法。」

樹理聽到我的話，原本要拉開啤酒蓋的手停下。

「這樣做沒問題吧？」

「來，妳看著。我不會一次就讓他們弄清我的手法。」

我再度回到電腦前，連線上網，操作幾個手續，進到提供免費電子信箱的網站。白天，我在這裡註冊了一個信箱，姓名和住址當然都是捏造的。

我打開寫電子信件的畫面，拿出記事本，把抄在上面的帳號打到寄件者欄。這個帳號，當然是CPT網站公布欄上「Julie」的帳號。

「來吧。」我的手擺在鍵盤上，做一次深呼吸。

您寄的訊息我們已確認。您一定很高興知道葛城樹理安然無恙，之後只剩交易是否能順利進行。不要讓無聊的事導致交易停擺，這樣對雙方都沒好處，希望所有的事都能迅速進行。

首先，請準備早前提過的現金三億圓。準備萬圓舊鈔，分爲兩半。一半用高爾夫球袋裝，另一半用其他袋子裝。

其次是行動電話，平常使用的就可以。

準備妥當，以之前的聯絡方式通知就好。同時，行動電話的號碼也用暗號的方式。您大概無法直接寫號碼吧？利用各種障眼法表示都無所謂。

祈禱您會盡快準備完畢，因爲關係到釋放葛城樹理一事。

愼重起見，再提醒一次，回覆到這邊的電子信箱是無意義的事。我們雖然使用這個帳號，但不會看送來的任何信，帳號僅使用一次。

我把信讀了三遍後，伸了個懶腰，愼重地送出。過了幾秒，螢幕秀出「信已送出」的畫面，我立即登出網站。

「高爾夫球袋和袋子，嗯……原來如此。」站在後面看著的樹理，佩服地稱讚：「這樣拿在路上走，也不會不自然。」

「對方應該也會這麼認爲。」

「喔」一聲，樹理的臉轉向一邊，我喝了罐裝啤酒。

對方什麼時候才會注意到這封電子郵件？不會太久吧，應該要常常檢查信箱。說不定，現在的葛城家已大大騷動。

我忽然受一股衝動驅使，想去看CPT的網站，但今晚得先忍耐一下。在這裡手忙腳亂無濟於事，對方反正也在進行作戰會議。我先下線，關掉電腦。散熱扇的聲音一停，房間裡靜得嚇人，只能聽見樹理的呼吸聲。

「今晚的遊戲到此爲止，辛苦啦。」

「馬上要拿贖金了，」她喘一口大氣，「還不告訴我要用什麼方法？」

「之後妳就會知道。」我笑著說。雖然想告訴她這次的目標，不過還是不要讓她知道太多比較好。「今晚先睡了吧。」

我讓樹理睡床上，我則睡在沙發。她對這樣的安排有些驚訝，但什麼都沒問。

說真的，和她發生肉體關係我有些後悔。當中的理由沒什麼好解釋的，只是犯了遊戲的禁忌，伸手碰了重要的「商品」，多少有些心虛。

並不是這樣！

我心中似乎響起一種警訊：你做了一件無法回頭的事！好像是這麼說的。那是一種直覺。

腦子裡被這想法盤據，我睡得不太安穩，有點半睡半醒，最後還是在平常的時間起床。在浴室刷牙洗臉後，老毛病又順手打開電腦。

檢查過電子信件，進入CPT車迷俱樂部的網站，看著公布欄，我倒抽一口氣。

「準備完成（Julie）

早安！我是Julie，總算將錢準備好了。這樣應該能買到期盼的愛車，之後就等您的聯絡。

對了，您提到可以選擇喜歡的車牌號碼。

我希望是下列兩種。

3XXX或8XXX

剛開始學打高爾夫球，我盼望已久，希望能把高爾夫球具放進後車廂，開著車去打球。

10

打電話到花園飯店預約今晚的住宿，電話被轉到前檯，一名男服務員接起，詢問有幾位要住宿，我回答只有一位。

「好的，今晚將爲您準備一間單人房。」

「可以的話，希望是面對大馬路的房間。」

「您是指，飯店正面的這一側嗎？」

「應該吧。最好不要是太高的樓層。」

「請稍等一下。」

大約等了二十秒，男服務員的聲音再次響起。

「好的，十五樓的房間可以嗎？」

「十五樓……不錯啊，就這個房間。」

「了解，方便請教大名和聯絡電話嗎？」

隨便報個名字和電話號碼後，我掛斷電話。

「你訂了哪裡的飯店？」樹理坐在沙發上問。

「花園飯店。就在附近，是不錯的飯店。那裡的餐廳蟹黃魚翅湯可是絕品。擔任法式料理的大廚，好像是日本人當中拿過最多獎章的老先生。」

我答到一半，樹理搖頭說：

「我是問，爲什麼要訂飯店？不可能是爲了吃飯訂餐廳吧？還是……要把那裡當成祕密指揮處？」

「沒必要有新的祕密指揮處。那飯店只用今天一天而已。」

「爲了拿贖金用的？」

我聳聳肩，笑著說：「我才不做那樣的事。」

「那你有何打算？爲了什麼目的？到底要用什麼方法拿贖金？」樹理有點歇斯底里地問。

「不需要這樣逼問吧。」

「還說呢，你什麼都不告訴我，我們不是伙伴嗎？」

「時候到了，我自然會告訴妳。」

「現在不是時候？爸爸不是在網上回覆了嗎？錢已準備好，手機號碼也寫在上頭啦。之後不就等著拿錢？」

我嘆了口氣，緩緩眨眼說：

「都強調過幾次了，這可是一輩子一次的遊戲，不是那麼簡單就能進行。不一步一步照著順序走，不可能達到目的。這次的行動，也是其中一個步驟。」

「但要求準備錢的是你……把錢裝進高爾夫球袋的……」

「這是爲了下一步啊，妳玩過電視遊樂器，應該會明白。」

「我可沒玩過電視遊樂器。」

「是喔。現在妳先閉嘴，看我怎麼做就好。」

她大概不能理解吧，不太服氣地點點頭。

早午餐簡單吃完昨天樹理做的濃湯，我著手收拾出門要用的東西。從衣櫃拿出運動袋，把攝影機、三腳架和望遠鏡放進袋子裡。望遠鏡是從有賞鳥興趣的朋友那裡借來的。

「今天是星期六，雙人房應該有空。但就算有空房，房間和樓層恐怕沒辦法指定。」

「你的意思是，我也可以一起去？」

「只是要小心，別引起飯店人員的注意。然後，妳要變裝，自然一點。」

樹理站到我的面前，雙手插腰睨著我。

「幹麼？」

「幹麼？你要我怎樣變裝？沒衣服也沒化妝品，大概只能變成年輕的流浪漢。」

哈哈哈！我笑了出來。眞的滿好笑的。

「不然就在家裡等著。警方應該已掌握到妳失蹤時穿的衣服。考慮到綁架犯可能利用飯店，說不定也發出通報。」

「我一定要跟你一起去。雖然不知道你打算怎麼做，但有我在，你做事比較方便吧？」

我看著樹理，她的眼神表明絕不妥協。在這之前，我在心裡不斷反覆告訴自己，接下來要一個人行動。不過，她在的話確實比較方便行事。

我放下手中的運動袋，「拿妳沒辦法，出門吧。」

「我可以一起去飯店？」

「先去買東西。」

大概沒有像我這樣的綁架犯吧，居然跟人質一起逛銀座的百貨公司。或許可以擾亂警方的偵辦，但讓人無法定下心。

感覺上，樹理的心情沒受到影響。她東挑西撿地選購衣服，跟一般年輕女孩沒兩樣，完美融入四周的環境。我沒什麼好說的，只是想提醒她：想想我們買東西的目的是什麼！

不過，她不是笨蛋，沒打扮到會讓店員留下印象。她邊找衣服邊巧妙地移動，說不定可能被旁人留下印象的是我。從剛剛到現在，我一直面無表情地站在櫥窗前看著她。若是被年輕女友抓來一起逛街的男友角色，相信不論哪個導演都不會喊ＮＧ。

樹理總算從店裡走出來，手裡提著紙袋。

「買到一些東西了嘛，我以爲還要花多一點時間。」我挖苦地說。

「我第一次買得這麼快，不過在店裡待久了，怕店員會留下印象，所以隨便挑挑。」

「嗯……眞是了不起。」

「接下來是化妝品。走，到一樓去。」樹理的聲音有點雀躍。

我在茶廊喝咖啡，等樹理選購化妝品。放她一個人，多少有些不安，但是我在場又沒什麼用。比起涉谷，在銀座遇到熟人的機率幾乎等於零，我相信她的話。

大約三十分鐘後，她回來了。看著她的臉，我不禁睜大眼。

「妳化了妝？」

「是啊，順便嘛。」樹理邊說邊坐在我對面。服務生走過來，她點了一杯奶茶。

「該不會是店員幫妳化的？」

「我沒有理由這麼做吧？是借鏡子自己化的。放心，在那種地方沒人會注意我，大家都只關心面前鏡子裡映出的那張臉。」

「拜託，光是在便利商店和餐廳，我都那麼在意旁人看到妳，更別提在這裡。」

「就跟你說不要緊。」她從皮包裡拿出香菸，才注意到這是禁菸區，不太高興地收回去。

奶茶送上來，我不經意地看著她喝茶。妝沒化得很濃，上妝後那細緻的肌膚更亮麗出色。強調眼睛和鼻子的形狀，比原來的輪廓更爲明顯。

「幹麼一直盯著我？還在擔心？」

「不，沒事。」我眼神閃避了一下，「還有一件東西要買。」

「這次是什麼？」

「遊戲的必需品。」

再次搭上計程車，前往秋葉原。在計程車上，我拿五張萬圓鈔票給樹理。

「做什麼？」

「買東西的錢，麻煩妳去買。」

「你這樣說，我也不知道要買什麼啊。」

「到時候我會告訴妳，照我說的做就是了。」

樹理又鼓起臉頰，我不太想讓計程車司機聽到我們的對話。

在昭和路邊下車，星期六的電器街十分混雜，對不想讓人留下印象的我們來說，最是剛好。而且，樹理還戴了帽子遮到眼睛部位。

距離有名的電器商店街稍遠處，我們走進一條巷子。這裡人也很多，但氣氛有點不一樣，商店以重度電器迷爲主要客群。

我馬上注意到一個留著鬍子、皮膚黝黑的伊朗人。

「去那個人旁邊，問他有沒有王八機。」我在樹理的耳邊說。

「王八機？」

「就是手機啦，人頭的行動電話。」

「喔，」她點點頭，「好像聽過。」

「不用問廠商，五萬圓應該夠，要先付款。然後會叫妳跟他走，別說話跟上就對了。我在這裡等妳。」

「你不跟我一起來？」

「要是被認爲是警察喬裝搜查就麻煩了。讓妳去買，也是爲了避免這樣的問題。可能會有點可怕，加油！」

樹理的眼神頓時顯得不安，但馬上重重點頭說：

「知道了，我去嘍。」她朝那個男人走去。

樹理跟伊朗人交談，我在遠處看著。客人是年輕女孩，伊朗人似乎沒多驚訝。這地方可以買到王八機的事也在一些女人之間謠傳，我是從其中一名買過這種手機的女人那裡聽來的。

跟預料中一樣，他們開始移動，轉過一個街角。樹理沒有回頭，眞的挺厲害。

拿著商品的人應該是在車上等。萬一被查到，可以很快逃走。

經過十五分鐘左右，樹理回來了，我鬆一口氣。

「任務完成！」她拿起一個小紙袋說：「還收了禮物。」

「禮物？」

「電話卡啦，他們說打多少都可以。面值是五十度，但用到零度會先退出來，之後還能恢復到五十度再用。」

我苦笑了一下，「妳用過公共電話嗎？」

「是啊，畢竟現在我是沒有手機的人。」樹理拿著電話卡晃來晃去。

對這些伊朗人來說，變造電話卡是他們之前的主要商品。但手機普及後，電話卡就沒銷路了，取而代之的商品便是所謂的王八機。

「那些人的日語說得好好，怎麼學的？」

「爲了活下去，人都會拚命。變造電話卡的人也是拚了命。NTT(*1)再不努力，就等他們來取代了。」

*1 日本電信電話公司。

「警察也一樣，想要舉發他們，應該拚命學會他們的語言。」

「就是這麼回事。」

說完後，我停下腳步。挽著我的手的樹理踉蹌一步。

「幹麼？不要突然停下啦。」

「我想到一個好方法。」我對著她竊笑，「遊戲即將開始！」

搭計程車先回公寓，我再次著手準備用具。最後把筆記型電腦放進袋子裡，準備完成！

「那麼，我之後會跟妳聯絡，或許有點囉唆，但絕對不要從飯店正門進去。」

「知道啦，眞的很囉唆。」

我本來想說，就是懷疑妳到底知不知道才會這麼囉唆，不過先忍了下來。我先出門，手表上的時間是下午三點。

坐計程車到花園飯店只要幾分鐘。我在正門玄關下車，走向櫃檯。我的服裝是襯衫加領帶、深灰色西裝，假裝成假日到東京出差的上班族。因爲在訂房時隨口說的電話號碼，區域碼是名古屋。

我在登記卡寫上假名、假住址和假的電話號碼，預付五萬圓完成住房登記手續。我只看著服務員的手，盡量不抬起頭。

他們給我的是一五二六號房。我婉謝他們的帶領，一個人搭電梯上去。

一進房間，我馬上拉開窗簾，左斜下方可看見首都高速公路的箱崎交流道。我從袋子裡取出望遠鏡，迅速對好焦距。從銀座方向開來的深藍色國產車恰巧穿過視野。

第一階段過關。我安心地吐出一口氣。之前住過這家飯店，知道看得見交流道。當然，那個時候完全沒想到會利用這家飯店。

我拿起電話，打回住處。響了三聲，答錄機啟動。嗶一聲後，我開口說話：

「在一五二六號房，進來前請敲門。」接著我便掛斷電話。樹理聽完留言，應該會馬上出門。我告訴她坐計程車，但坐到地鐵半藏門線的水天宮前車站就下車。然後，從那裡利用地下人行道進入飯店。飯店的地下二樓和地鐵車站相連，而且可直接搭電梯上到客房層。換句話說，可完全避開飯店櫃檯及人群聚集的場所。

我脫掉上衣、鬆開領帶，開始進行前置工作。先把攝影機裝在三腳架上，放在窗邊，再看著液晶螢幕，調整攝影機的角度和鏡頭。從銀座開過來的車，全部都會入鏡。

接著，拿出筆記型電腦，將帶來的電話線插進桌旁的電話插座。爲了商務客人的需要，這家飯店除了電話用的館內迴線外，還架設可使用電腦網路的電話迴線。這也是上次入住得知的事。

我打開電腦，試著連上網路，到此爲止一切順利。安全起見，我查看ＣＰＴ車迷俱樂部的網站，「Julie」留下新的訊息。

等待已久（Julie）

訂單下好了，錢也準備妥當，但您還沒有任何聯絡。

您說希望能早早拿到想要的東西，不曉得還在等什麼？

高爾夫球袋在門口高喊著：快把我帶到要去的地方吧。

這點一直讓我十分佩服。事實上，這眞是寫得很高明的掩人耳目的文章。讀這篇文章的人，會覺得這只不過是非常想要車子的笨蛋女孩。

總之，從這封信看得出來，對方開始感到焦急了。急著想知道綁架犯到底要出什麼招術，快要無法忍受。

我從冰箱拿出一瓶礦泉水，對著瓶口直接喝。再次梳理一下計畫，應該沒有漏掉任何一個步驟，應該也不用擔心被抓到破綻。

望向時鐘，打完電話已過三十分鐘，樹理到底在幹麼？

又過了三十分鐘左右，總算傳來敲門聲。

「請問是哪位？」還是得先確認對方的身分。

「是我。」聽到回答，我才開門。

「妳到底在搞什麼？換個衣服……」我說到這裡就說不下去了。樹理染成接近金色的淺棕色頭髮，而且變短了。

嘿嘿嘿，她奸詐地笑了笑，伸手撥弄短髮。

「這是怎樣？」

「我染的啦，還不錯吧？」她慎重地踏進房間，環視四周，然後走向窗邊，靠近看著攝影機說：「你在拍什麼？」

這不是回答她的問題的時候。

「妳到底想怎樣？」

「嗯？」

「妳的頭髮弄得那麼醒目，不覺得危險嗎？」

「這會醒目？」

「妳照照鏡子！」

「你說要變裝，我就依自己的意思，下了許多工夫。我自己剪頭髮，自己染，然後換了衣服。你看，跟剛剛的我比起來，完全變了一個人吧？」她穿紅色無袖T恤，搭黑色裙子。首飾和鞋子也換了，我嚇一跳。那是什麼時候買的？

「我不是說，不要太顯眼嗎？」

[redacted]

不知道有沒有聽我說話，她一屁股坐在床上，像小孩玩彈簧床，上下彈跳，還一副笑臉。

「喂，你眞的是廣告人？弄成這樣你就大驚小怪，未免太保守了吧？現在啊，黑髮反而是異類。」

「爲什麼那些人要染髮？是不想惹人注目嗎？不是吧，他們不就是爲了引人注意？」

「剛開始或許是這樣沒錯，但現在不一樣啦。黑髮會讓人覺得很土。爲了不讓人覺得土，所以要染髮啊。」

我搖搖頭，現在不是爭論這種無聊問題的時候。

「總之，回去以後，再染回原來的樣子。或許妳忘了，妳是人質。在被綁架的期間，人質的頭髮顏色變了，不是很奇怪嗎？」

「這樣說好了，犯人是個怪人，半好玩地把人質的頭髮染色。」

「無理取鬧到此爲止！」我拿出在秋葉原買的手機，遞到她的面前。「好啦，遊戲開始，打妳爸爸的手機。」

「我打？」看她一臉驚訝，總算是醒了。

「我原本想自己打，但和妳一起就另當別論。我盡量避免讓葛城先生聽到聲音，雖然妳爸爸記得我的聲音的可能性很低。」

「電話裡要說些什麼?」

「這個我想好了,到這裡來。」我要她坐在電腦前面,然後按一下鍵盤。螢幕上出現一篇文章,是我在等她的時候寫的。這篇文章分成幾個項目。

我先指著第一項說:「從這裡開始。說完後,馬上掛斷電話。」

樹理露出認真的眼神,讀著螢幕上的文章。看著她的臉,我不禁想,不管她做什麼都在擺樣子。不管是買東西時那種奇妙的大膽,或是染頭髮,完全是想要掩飾心裡不安的裝模作樣。

「用這個電話打不要緊嗎?」

「拜託妳,時間能短就短。要是時間長了,會被鎖定是在哪個區域。」

她深深吸一口氣,盯著手機號碼按鍵問:

「馬上?」

「馬上!號碼是這個。」我把寫著葛城勝俊手機號碼的紙條,放在她面前。「不快一點,天就要黑了。」

「天黑就不好了,是吧?」

「這不是紅外線攝影機,而且望遠鏡也不是夜視鏡頭。」

她大概多少了解我的意思,沉默地點頭,再深呼吸,換成左手拿手機,右手接近按鍵。

她看著紙條，一個一個號碼慎重按下去，然後將手機靠近耳朵，輕輕閉上眼。

我也聽得到電話鈴響。響了兩聲，電話接通了。

「喂，我是樹理。什麼都不要說，先聽我說。」她面對電腦，接著發出指示：「十分鐘後出門，請把高爾夫球袋和袋子放到後車廂。車子裡只能有爸爸一個人。開上首都高速公路，往向島交流道的方向……向島啦，方向的向，島嶼的島。可以的話，依照速限開車就好。會再跟你聯絡……對不起，沒時間說了。」

掛斷電話後，她用一種求助的眼神看著我，臉頰稍稍泛紅。我雙唇微啟，親了她一下說：「做得眞好！」

「下次負責聯絡的也是我嗎？」

「基本上是的，聯絡的事就由妳來做。」

「『基本上』的意思是……？」

「之後妳就會知道。」

我操作電腦，再次上網。高速公路管理局有交通資訊網站，我進入這個網站。液晶螢幕上出現首都高速公路的地圖，路線的顯示是白色，依塞車的狀況會呈紅色或黃色。今天交通比平常通暢，但還是有些地方呈現不同顏色。

我找到葛城勝俊可能選擇的路線，並沒有塞車嚴重的地方，只有箱崎交流道附近顯現些許紅色。

我交互看著時鐘和首都高速公路的路線圖，喉嚨相當渴，便把剩下的礦泉水喝完。樹理也喝起可樂，誰也沒說話。我不時切換交通資訊，但沒有太大變化。要是有變化，一定是發生車禍。我只能祈禱，千萬不要發生這種事。

看著時鐘，我彈一下指頭說：「樹理，電話！」

她表情緊張，拿起手機問：

「下一步要怎麼做？」

「問他到哪裡了，這樣就好。」

她點點頭，打了電話：

「喂，是我。現在到哪裡？……啊，竹橋？剛過了竹橋喔。」

我打了個ＯＫ的手勢，她急忙切斷電話。

「是竹橋。」

「我知道。」

盯著首都高速公路的路線圖，從竹橋交流道到江戶橋還很順暢，能以時速六十公里前進吧。從江戶橋到箱崎有點塞。這才是問題——時間點！時間點決定一切，我只能相信自己的直覺。

我再彈一下指頭說：「打電話確認位置。」

樹理按下重撥鍵，好像馬上就接通。

「現在到哪裡？……快到江戶橋了。」

我起身給她一個OK的手勢。她急忙掛斷電話。

我站在窗邊，重新確認攝影機的位置，招手要她過來。

「一分鐘後打電話，指示他從箱崎交流道下，再把電話交給我。」

「交給你？你要跟他講話？」

「嗯，之後由我跟他說。」我點點頭。

差不多一分鐘後，樹理打了電話。我待在旁邊，從袋子裡取出一罐變聲瓦斯。

「喂，是我。從箱崎交流道下。啊，電話不要掛！」樹理匆匆忙忙說完，把手機交給我。

我先深呼吸才接過手機，應該很輕，拿著卻覺得相當沉重，心跳也不禁加速。

佇立在窗邊，我一手將手機拿近耳朵，另一手舉著望遠鏡觀察。攝影機開始轉動。銀灰色賓士從斜坡滑下，無法看到駕駛人。盯著攝影機螢幕的樹理和我交換眼色，她沉默地點頭。那是葛城勝俊的車！

我拿起變聲瓦斯對著嘴巴，深深吸了一口，然後一鼓作氣說完：

「不要出高速公路，進環形車道去！」

一旁的樹理，目瞪口呆地看著我。這也不是不能理解，我的聲音突然變得跟唐老鴨一樣。沒想到，變聲瓦斯這種玩具，有一天會派上用場。這是以前辦派對時買的道具。

葛城勝俊應該也嚇一跳吧。

「你說什麼？不是要往向島方向開嗎？」

我吸一口瓦斯後，回答：「給我進環形車道去！」

「右側有往銀座方向的出口，不用往那裡走嗎？」

「進環形車道去！」

說完，我把電話切斷，拿給樹理。我用望遠鏡監視箱崎交流道，銀灰色賓士通過，後面還跟了幾輛車，有卡車，也有計程車。

賓士再次出現。箱崎交流道呈小型圓環狀，若不朝出口、不朝任何方向走，只要汽油足夠就能一直繞圈圈。

等賓士出現第三次，我才給樹理下一個指示。她露出非常訝異的表情，按下手機的重撥鍵。

「喂，是我。交易中止，回家吧，等下次的聯絡……對不起，我也不太清楚。」

掛斷電話後，樹理恨恨地瞪著我。我在床邊坐下。

「這是什麼意思？爲什麼突然停止交易？」

「突然？才不是，最初就決定好了。」

「最初就決定好？原本就打算要停止交易？」

樹理走到我旁邊，睨著我說：

「爲什麼要這樣做？」

「爲了觀察警方的動作。」

我站了起來，把一直開著的攝影機關掉。

11

電腦畫面顯示出箱崎交流道的影像。銀灰色賓士反覆通過幾次，其他也有各式各樣的車通過，但出現兩次以上的只有葛城勝俊的車。

「奇怪，眞的只有賓士。」

我們回到公寓，飯店客房就先放著。退房要等明天早上，我打算自己去辦手續。今天晚上退房，飯店方面大概會覺得不對勁。

「到底哪裡奇怪？多少透露一點吧。」樹理有些生氣地說。

「在環形車道上的只有賓士，不是很奇怪嗎？應該會拍到其他車才對。」

「不是拍到了嗎？有計程車、卡車，一堆車！」

「都只出現一次。環形車道上繞圈圈的車只有賓士，其他一輛也沒有。」

「那是當然的，我爸爸就是開賓士呀！」

「話是沒錯，但應該有尾隨的車，比如警方的車。」

樹理嘴巴半開，她總算知道我在說什麼。

「警方的車就算不緊跟在後，也會在兩、三輛車的後面跟著吧？沒有就怪了。不這樣跟，萬一出事會來不及反應。然而，到目前爲止，錄到的影像中並沒有這樣的車出現，到底是怎麼回事？」

樹理沒回答，歪著頭看著電腦畫面。我也沒期望她會說出答案。

「有幾種可能，一是有什麼理由不讓警方跟。從這種情形看來，一定是用了比跟車更好的追蹤方法，譬如，偵辦人員藏在賓士裡。」

「有人躲在車裡嗎？」樹理靠近電腦螢幕。

「確認看看吧。」

我將賓士內部拍得最清楚的畫面挑出來，然後放大。雖然畫質粗糙，但看得出輪廓。

「後座好像沒人。」

「會不會躲在後車廂？」

「可能性很低。後面放著裝有三億圓的高爾夫球袋和另一個袋子，就算再躲一個人，身體沒辦法做出反應也沒意義。所以我特別指示，把兩個裝錢的袋子放在後車廂。」

樹理理解地點點頭，似乎對我有些另眼相看。

「喂，小說或電影裡，不是常演警方會在贖金裡暗藏追蹤器嗎？這次會不會也是這樣？」

「或許裝了追蹤器。」我贊同她的意見。「除此之外，通常也一定會進行跟蹤，或是在某個地方監視。」

「那會不會是監視啊？」

「笨耶！我不是下指示開往向島的方向了嗎？他們有什麼理由會想到，在途中的箱崎交流道監視？」

「我也是這麼認爲……那……你有什麼看法？」

「就是不知道才傷腦筋，警方的人到底藏在哪裡？」我躺進沙發裡。

其實，還有一種可能，只是我也不敢置信，所以沒說出口。那就是，警方根本沒有動作。換句話說，葛城勝俊根本沒向警方報案！這樣的話，只出現賓士也就不是什麼不可思議的事。

選擇這種做法是可以理解的。當然，我無從斷定就是如此。葛城勝俊身爲父親，女兒的生命自然是優先考量。不准通知警方，或許他是遵守這邊的指示。

但我還是想推翻這個想法。葛城勝俊不是那種人，不會一威脅就屈服，一定會想辦法攪亂犯人內部，設法救出女兒。爲了達成目的，必須借助警方的力量，所以警方肯定在哪裡嚴陣以待。當葛城勝俊在箱崎交流道像旋轉木馬轉呀轉的時候，警方約莫是屏氣凝神潛伏著，等待犯人出現。

「喂，所以是什麼時候？」樹理問。

「什麼時候？指哪件事？」

「眞正要拿贖金的時間啊。不是決定了嗎？還是，又只是做好預演的計畫而已？」她站在我旁邊，張開雙手，用一種揶揄的口吻說著，似乎不認同我。

「我只是希望能做得完美，這也是爲了妳。妳想要錢吧？想報復葛城家吧？」

「是啊，但不想拖拖拉拉。」

「不是拖拖拉拉，是非常愼重。再怎麼說，敵人可是葛城勝俊！」

「那什麼時候拿呢？」

「妳爲何那麼急？沒必要匆匆忙忙的吧。黑桃王牌在我們手上，只要選對正確的時間、正確的方法，可以拿到錢就好了。」

樹理激動地搖頭，一頭短髮都亂了。

「對你來說或許是個好玩的遊戲，但也要設身處地爲我想想啊。我受夠這種緊張的感覺，想快點鬆口氣。」

她大聲說完，衝進寢室。看著她的反應，我感到有些唐突。雖然明白她的感受，但不知道她怎會有那麼突然的情緒波動。

我走進寢室，見樹理趴在床上，便在她身旁坐下，摸著她剛染的頭髮。她展現剛染的頭髮時，是那種目中無人的態度，爲什麼會變成這樣？眞令人不解。

樹理抱住我的腰，我靜靜躺下，就這樣重疊在她身上。

「緊緊抱住我！」她輕聲說：「我們能在一起，也只有現在了。」

雖然知道沉溺於做愛很傻，但睡在我懷中的樹理是如此惹人憐愛，這到底是怎麼回事？

我們能在一起，也只有現在——正是如此。這場遊戲順利結束後，我們再也不會見面，不能繼續做這麼危險的事，我一開始就是這樣打算。

現在我卻陷進去了。說真的，我開始想和樹理在一起更久一些，還會想等拿到贖金後，再思考有什麼方法可以讓兩人不用分手。

發什麼神經啊，佐久間駿介！你應該不是這種男人！

隔天早上醒來，樹理不在旁邊。房間裡飄散著一陣陣的咖啡香。

從寢室門縫偷瞄，她在餐桌和廚房之間來回穿梭，而且餐桌上已擺好一些食物。

我拿起擺在櫃子上的數位相機，想從門縫中拍攝她的身影，剛好在她拿托盤走過來的時候，我不用閃光燈直接按下快門，她並沒有注意到。我在相機的視窗上確認，雖然拍得有點暗，仍能顯示出那美麗的身影。我順手打開蓋子，抽出相機的記憶卡。

「起床了嗎？」

她聽到聲響，走了過來。我匆忙把相機擺回櫃子上，記憶卡則握在右手裡。

樹理打開房門進來。我馬上站到她身旁，她嚇一跳。

「什麼嘛，你起床啦。」

「才剛起來。妳準備了早餐？」

「我是個吃閒飯的啊，多少要報點恩。再說，老是喝奶油濃湯也會膩吧。」

趁著樹理背對我時，我將記憶卡放進掛在身邊的上衣口袋裡。

菜色是火腿蛋、蔬菜湯、吐司和咖啡。這根本無法稱爲料理，但就冰箱裡的食材來看，或許已是極致。

「感覺像是有家庭的人。」我咬了一口吐司。

「你爲什麼不結婚？」

「這個嘛……我倒想問問，爲什麼大家都想結婚？爲什麼要跟一個不知什麼時候會膩的人在一起一生一世，我無法發這種誓。」

「但只有這個人會在你的身邊啊。譬如，不管你變成多醜的老先生，都不會是孤獨一個人。」

「換句話說，不管對方變成多醜的老太婆，也必須陪伴在她身邊。可是，總有一天會變成一個人，結不結婚都一樣。」

「所以才要生小孩啊。就算配偶不在，還有家人。」

「是嗎？妳看看我吧，」我拿著叉子指著自己，「我有父母，但也是一個人過活。長年不聯絡，這種小孩對父母來說算是家人嗎？跟沒有是一樣的。」

「就算不在家，至少知道在哪裡吧？只要這樣父母就很高興了。小孩過著什麼生活，光想像都是有趣愉快的。」

我喝了口咖啡，苦笑一下。她的表情彷彿在疑惑，哪裡奇怪？

「沒想到妳會提起家庭的重要性。」

像是說到她的痛處，她低下頭。

我把蛋黃弄破，搭著火腿一起吃。

「爲什麼不跟父母聯絡？」她低著頭問。

「沒事啊，這是最適當的說法。不過就是討厭而已，就算偶爾他們會打電話來，也是說一些例行性的事，接著就沒話說了。」

「你老家在哪裡？」

「橫濱，在元町附近。」

「好地方耶。」

「女孩一定會這麼說。但做爲生長的地方，和挽著男友走在路上，感覺是不一樣的。」

「家裡有做什麼買賣嗎？」

「我父親是普通的上班族，跟元町商店街沒關係。」

「那他還在工作嗎？」

我搖搖頭說：「父親過世了，在我小學的時候。」

「喔……這樣啊。」

「我父母離婚了，我是跟著父親，但他過世後，我又回到母親那邊。當時母親住在娘家，我就跟著他們。」

母親的娘家經營家具行，在地方上是頗有名氣的店。祖父母還健在，和長子一家住在一起，只是再加上我們母子而已。母親在店裡幫忙，家事全由她做。其實我並不覺得丟臉，因爲這是我原本出生長大的家。不只是祖父母，大舅夫婦也很疼愛我。他們有一個兒子和一個女兒，卻不會把我當成是吃閒飯的。

「但後來我發現，那是裝出來的和平假象。」

「什麼意思？」

「終究我們母子在這個家是多餘的。沒錯呀，離婚的女兒帶個小孩一直賴著不走，就算是再親的家人也是麻煩。尤其跟舅媽沒有血緣關係，她當然會覺得我們討厭。她不會露骨地表示，但還是感受得到。經過仔細觀察，她的表裡不一並不是只針對我們。舅媽是個實際的人，而且很會做生意，所以掌管店的是舅媽，而不是大舅。店裡的人也比較信任舅媽。這樣的話，舅媽就不會心裡不舒服。她一直表現得很積極，對待丈夫和公公的態度也頗強勢。這樣的狀況看在祖父母的眼裡並不有趣，會希望軟弱的兒子把掌控權拿回來。但大舅眞的是個沒用的人，一碰到什麼棘手的事，馬上躲到舅媽背後。祖父母雖然焦急，但已退居幕後，店由媳婦撐著，儘管討厭也只能裝出笑臉。就是這樣啦，在大家庭中生活，不免會遇到一堆狀況。」

說了一大串話後，我補上一句：「這種話題很無聊吧。」

「不會無聊啊。你那時候都在做什麼？在這種大人的世界裡，你得察言觀色，想必很辛苦。」

「不會很辛苦，但會有一點困惑，不過知道如何應付就變簡單了。換句話說，便是觀察出規則。只要遵守規則，就沒有什麼困難的。」

「規則？」

「意思就是，不管是誰都會戴上應付某種場合的面具。絕不能把那個人的面具扯破，因著某人的行爲感到憂或喜是沒有任何意義的，反正只是面具而已，所以我也戴上了面具。」

「怎樣的面具？」

「一言以蔽之，就是戴上最適合當下情況的面具。小時候就戴上大人期待的面具，話雖如此，也不是演個模範生就好。先戴著會惡作劇的小孩面具，過一段時間要戴上反抗期的面具，之後戴上青春期的面具，未來就戴上青年的面具。重點是，讓大人感到習慣的面具。」

「眞是難以相信……」

「這又不是什麼了不起的事，戴上面具還比較輕鬆。不管是誰，都不過是對著一張面具說話，只要暗自竊笑就好了。一邊竊笑著對方，一邊考慮戴什麼面具可以讓對方高興，人與人之間的關係是很麻煩的，但採用這種方式，就不會覺得有什麼大不了。」

「你就一直這樣做？」

「就一直這樣做。」

樹理放下叉子，雙手放到桌面下說：「讓人覺得好寂寞。」

「是喔，我並不這麼想。所有人都是戴著大小不一的面具活著吧，妳不也是？」

「是嗎……」

「若非如此，沒辦法活在這個世界。只憑著一張眞面目，什麼時候會挨打都不知道。這是人世的遊戲，是依場合戴上適當面具應付的遊戲。」

「青春面具……是吧？」

「什麼？」我放下咖啡杯，「剛剛，妳說什麼？」

「沒事。」

「不，我確實聽到了。青春面具……妳怎會知道這款遊戲的名稱？並沒有在市面上販賣啊？」

我瞪著樹理，她眼神閃躲，態度驚慌，小小吐了個舌頭說：「對不起，我擅自偷看……」

「偷看什麼？」

「你擺在那邊的資料，還有電腦中的……」

我嘆口氣，伸手去拿杯子，喝一口咖啡。「我沒告訴妳，不要隨便亂碰東西嗎？」

「所以才向你道歉啊。但我希望你能明白，我只是想多了解你一些。你是怎樣的人、在什麼地方出生、在什麼環境成長……」

「關於我，剛剛說的就是全部。不是多麼幸福，但也沒有特別不幸。」

「那伯母現在……」

「在我高中時改嫁。對方是買賣建築材料的上班族，十分穩重的人，對我也很好。」我搖搖頭修正：「應該說，戴著好男人面具的人，如今也一直戴著。」

我的話到此告一段落，樹理沒再多問。我有點後悔透露那麼多自己的過去。

吃完早餐，我瀏覽ＣＰＴ車迷俱樂部的網站，上面有新的留言。

二十四小時（Julie）

早安，這邊已準備好錢。對於合約突然延期，我相當生氣！只好限定在二十四小時內，要是依然沒有任何聯絡，該向誰說，我還是會說的。我是這樣想的！

對不起，一早就發牢騷。

12

從浴室出來的樹理，頭髮變成深咖啡色，感覺上較原來的髮色明亮了些，但比起剛剛的金髮好太多。

「這比較適合妳。日本人不適合金髮。」

「大人都這麼說。」

「妳不也是大人了嗎？」

「我是指大叔們。」

「看到日本人特有的扁臉配上金髮，我都會感到不好意思。那樣只會讓人覺得有崇拜白人的情結。」她似乎不太高興，我繼續解釋：「我是說一般的年輕人，不是嫌妳臉扁，但妳也不像歐美人的輪廓那麼深。」

最後一句話是多餘的吧，沒能讓她心裡舒服一點。她粗魯地在沙發上坐下。

「然後呢，想到什麼好方法了嗎？」

「正在想。」

「還在想？只剩下二十四小時耶！」她看了看時鐘，搖搖頭。「那篇留言是早上六點多寫的，到明天早上六點，只剩十七個小時。」

「我沒那麼介意這件事。」

「但他宣稱在時間內沒有聯絡，該向誰說，他還是會說的……」

不想聽樹理說話，我伸手拿起音響的搖控器，按下CD的播放鍵，《歌劇魅影》的音樂從中間開始播放。我喜歡這齣歌劇，看過好幾次。這是描寫用面具隱藏醜陋臉龐的悲傷男人，想要超越一般人的故事。

戴著面具的，不只是這個男人而已——每次觀賞這齣歌劇，我就會這麼想。

該向誰說，我還是會說的。這句話是什麼意思？向警方報案嗎？眞是卑劣，他想表示，到現在都還沒報案？這樣威脅就有用，只能說他太小看人。

但我有點迷惑，在利用箱崎交流道的戰術裡，並未發現警方的影子。或許葛城勝俊眞的還沒向警方報案。

我搖搖頭，沒有理由這麼做，這是個陷阱！這是要造成一種錯覺，讓我以爲警方並未動作，然後在我沒有周密計畫的情況下出手。

「昨天就那樣把錢拿下來就好啦。」樹理說。

「就那樣？」

「就是爸爸在箱崎交流道繞圈圈的時候啊。又沒有警方跟蹤，叫他把車丟在那裡不就行了？等爸爸離開現場，再把錢拿走，或者連車一起開走都好。」

「笨哪，警察一下就會追上來。」

「警察在哪裡？不是沒有警察嗎？」

「沒有理由不在，一定在某個地方盯著賓士的動態。」

我心想，說不定警方在首都高速公路的每個交流道都派人盯著，還竊聽我們和葛城勝俊的對話。

「請對方把贖金帶到指定的地點，然後指示負責運送的人放下贖金馬上離開，這是可行的。只是，之後犯人若無其事地去拿錢，一定會被警察逮捕，妳知道爲什麼嗎？」回到房間後，我問樹理。

「想也知道是警察埋伏。」

「是的，刑警睜大眼睛，等著看犯人什麼時候現身。這也是一般逮捕犯人最正確的時機。那我問妳，警方怎麼知道拿錢的地點？」

「當然是被害者的親人告訴警方的。」

「正是如此。也就是說，拿贖金的地點，不到最後一刻不透露是比較聰明的。只是，不全部說清楚，負責送錢的人不知該往哪裡去，要兼顧滿困難的。」

「先告知大概的位置，到附近再指示正確的地點不就好了？」

「說得倒簡單，實際上很難順利進行。要考慮到警網的靈敏反應，不能以分鐘爲單位，而是必須以秒爲單位來行事。」

「你是這麼計畫的嗎？」

「可以這樣說，想法差不多確定了，接下來要用功一下。」

「用功一下？」

「之後妳就會知道。」

我打開電腦，摩拳擦掌，寫了以下的文章。

葛城勝俊先生：

昨天發生一些意外，不得不中斷計畫。所謂的意外是有警方介入。我察覺疑似有警方監視，事實如何並不清楚。要是您向警方報案，並且在進行所謂的搜查，實在令人遺憾。我們之間的交易必須馬上停止，葛城樹理也就永遠不會再回到您的身邊。

我再次警告，不要讓警方介入。假設下次的交易還有這種感覺，我們絕不猶豫，將全面撤退，不再聯絡，也沒有下次的交易。

換句話說，這是最後一次機會。我在此做出幾項指示，不希望花太多的時間在上面。

・三億圓贖金請盡量裝進一個小皮箱裡，旅行箱應該是合適的，不用上鎖。爲了避免打開蓋子便曝光，請將所有鈔票用黑色塑膠袋包裹。當然，絕不可裝設追蹤器。要是有這樣的跡象，就視爲違反約定。我們會備妥測試追蹤器的工具。

・請準備便條紙、筆和透明膠帶。

・這次請葛城夫人負責運送錢，車子也用夫人的BMW。和贖金一樣，夫人和車子不准裝設追蹤器，一旦發現馬上停止交易。

・請爲夫人準備一支手機，號碼用一樣的方式告知即可。

下次的聯絡會在二十四小時內發出，請梢等。

重讀四遍後，我用臨時的電子信箱寄給葛城勝俊。此後，眞的完全沒有回頭路了。

「你想到檢查追蹤器的方法了嗎？」樹理問我。

「方法有好幾種，使用金屬探測器，或電波探測器也行。」

「但要等贖金拿到後才能用啊。」

「是啊。」我笑答。

「那麼，這個指示不就沒什麼意義？」

「多少有些嚇阻的作用，也就是威脅。對方不知道我們會使出什麼手段，只能先依照這邊說的去做。」

「對方會先依照我們說的去做嗎？」樹理歪著頭問。

「我想，他們不會在贖金中裝追蹤器。假設犯人成功拿到贖金，他們會怕犯人爲追蹤器不爽，做出糟糕的舉動。要裝追蹤器，應該會裝在運送錢的人身上或車上。」

「你是指媽媽或ＢＭＷ……」

「所以，首先這邊必須要想出對策才行。當然，我早就想好了。」

「告訴我！」

「這是之後好玩的地方。」

「又來了……」樹理不太高興，「老是擺架子，感覺很差耶。你根本沒把我當成伙伴！」

「妳是最重要的伙伴。要是沒有妳，這次的計畫絕對無法成功。換句話說，根本無法成立。妳啊，可能比我更重要。」

我的話似乎讓她的心情好多了，大大的眼睛閃爍著光芒，同時，光芒中帶著一絲緊張。

「我做什麼好呢？」

「演一齣戲。」我看著她的雙眼說：「主角，妳是無可取代的主角！」

隔天，和平常的星期一一樣起床。然而，我睡得並不好。馬上就要正式演出，情緒有些高漲。快要睡著，卻又醒過來，反反覆覆，感覺頭有點沉。

洗完臉，做例行的伸展時，床上傳來樹理的聲音：

「你起床啦？」

她好像也沒睡好，眼睛紅紅的。

「我必須去公司。」

「去公司？在這麼重要的日子？」

「正因是重要的日子，必須和平常一樣。萬一之後被警方懷疑，今天又剛好請假，情況會更糟糕。」

「你會被懷疑嗎？」

「這個嘛……」我做著伏地挺身，搖搖頭。「嗯，應該是不會。」

「所以啊！」

「好啦。今天是永遠不變的星期一，所以依照平常的作息上班、開會、寫企畫書。我不想爲了這場遊戲，破壞生活節奏。」

不清楚樹理是否了解我說的話，她沉默不語。

邊吃早餐邊談今天的計畫，接著我仍去公司上班，等回家再執行計畫。我今天不打算加班。

到了公司只有無聊的事等著我。必須和他們開一個推介偶像明星的企畫會議。是一個和電玩角色搭配的行銷計畫，這是每家公司都在做的事，一點新意也沒有。被問到意見時，我回答：是啊，如同大家所說。全場一片靜默，於是會議主持人開口：你到底有什麼點子就說出來啊。

「找幾個長得很像的女孩，如何？」我道出當下的想法：「帶幾個身材和長相接近的女孩來化妝，讓她們看起來相似。同樣長相的十個人一起出現，只有一個才是眞的主角。請問，哪一個是眞的？先不用馬上揭曉謎底，這應該會成爲話題。」

會成爲話題嗎？但最重要的偶像明星不見得賣得出去，有人表示意見，並且說，一旦偶像被認爲是時令商品就完蛋了。我並未提出反駁，那個男的或許是對的。只是有一點不對，偶像明星並不是時令商品。然而，我只是保持沉默，像這樣的工作，跟他們意見合不合已無所謂。

到了下午，我悄悄上網，看一下CPT車迷俱樂部網站的公布欄，有「Julie」的新留言。常瀏覽這個網站的人，對於最近頻繁留言的這個化名，說不定會開始產生不信任的感覺。

差不多了（Julie）

您好！看到關於交易的新聯絡內容，這次是眞的要簽約了。上面附加許多條件，我的目的只是要取得車子。明明告訴過您，什麼條件都好，您卻那麼龜毛！未免讓我等太久，我想要的車號也改變了。

4XX和7XXX

啊——啊，想快快簽約！

我把號碼抄在紙條上，那大概是葛城夫人的手機號碼。這樣的話，所有條件差不多都備齊了。

切斷網路連線時，剛好看到小塚從前面走過來。我把電腦畫面切換到企畫書。

「進行得如何？」小塚露出應酬的笑容，感覺不是什麼好兆頭。

「還過得去，對新的工作挺有幹勁的。」如果他能聽出我是假意最好，我是故意這樣說。小塚抓抓頭，接著道：

「栗原優美的企畫案，你好像沒什麼興趣。」

他大概是聽了出席會議的人的抱怨吧，可以想像他們吐出哪些壞話。

「沒有的事，我只是表達意見而已。」

「找一組十個長得相似的人，我也覺得是不錯的點子。」

我輕輕一笑。一想到他言不由衷，抱持著同情的心態，我先是覺得窩囊，接著是生氣。我什麼時候淪落至此？

「三點來找我，跟我去一個地方。」

「去哪裡？」

「日星汽車的總公司。」

我回頭看著小塚，小塚的眼神閃躲了一下。

「真奇怪，我已被剔除在組員之外，這樣一天到晚找我，到底是怎麼回事？」

「老實說，我也不知道。剛才對方發來的出席名單上有你的名字，我才來找你。」

「到底是誰反覆無常？應該不是葛城先生吧？」

「這個嘛……葛城先生好像也要出席，不如問問？」

「葛城先生？哪有可能啊！」

「不，應該沒錯。剛剛對方傳真過來。」

話雖如此，我心裡不免疑惑，葛城勝俊到底在想什麼？女兒被綁架，交付贖金的時間迫在眉睫，居然悠哉地出席會議，他是哪根筋不對？還是，反正交付贖金的事還要花一整天才會決定……就算是這樣，我覺得……嗯……

「怎麼？要是不想去我不勉強。若有其他重要的事，回絕也沒問題。再怎麼說，把你換掉的是對方。」

「好吧，我去。」我回答：「去看看葛城先生的臉也不壞。」

不知道他是怎麼理解這句話的，小塚笑笑地在我肩膀拍一下。

過了下午三點，小塚帶著幾名新車發表企畫團隊的人員，到位於新宿的日星汽車總公司。杉本對我視若無睹，我心想，怎會有這樣的人？

一路上沒什麼車，比預定的時間早抵達。杉本在會議室和對方開會，我卻沒事做。出了會議室，到自動販賣機前買即溶咖啡，再走到放有綠色觀賞植物的吸菸區，小塚已在那邊抽菸。

「杉本他們覺得日星汽車方面有點奇怪。」

「怎麼說？」

「應該說是朝令夕改吧。計畫方針微妙地一直在改變，莫非日星這種大企業也受到長期不景氣的影響，變得不對勁？」

我沉默地點頭，或許不只受到景氣不好的影響。搖擺不定的，可能是葛城勝俊的精神狀態。

正想問具體的情況，小塚朝我的背後望去，表情有些緊張。光是這樣，就知道站在我背後的是誰。我回過頭，只見葛城勝俊一手插在口袋站在那裡。

13

「百忙中要你們過來，眞是不好意思。」葛城勝俊向這邊走近。他穿著很有品味的深藍色雙排釦西裝，露出悠閒的笑容。

「不，這沒什麼。」小塚直直站著不動。

「關於前幾天你們送來的企畫案，有幾點想確認，才匆促請你們過來。」

「所以，今天的會議是副社長您的指示？」

「可以這樣說吧。一旦看到有問題的地方，我就無法擱置。」葛城看一下手表，「差不多該進會議室了。」

「還有，我今天也帶他一起帶來。」小塚瞥我一眼。

葛城轉過臉，我點頭致意。只見他馬上把移開視線。

「他怎麼啦？」葛城問小塚。

「呃，送來的書面資料上，指示佐久間也要出席。」

「噢！這是怎麼回事？我也不知道。負責人拿的是舊名單，恐怕是機械性地傳過去。算了，無所謂，進去開會吧。」葛城說完，便先走一步。

小塚靠近我的耳畔問：「怎麼辦？」

「什麼意思？」

「看來，葛城先生這邊眞的沒有你的事了。你就算出席，也只會覺得無聊。你先回去吧。」

事實上，我也想要回去，但我並未這樣說。

「既然來了，聽聽說些什麼也好。反正回到公司，也沒什麼大事要做。」

他似乎不太喜歡我話中帶刺，不悅地點點頭。

我假裝要去廁所，離開小塚，找到一個沒人的地方，拿出手機打給樹理。

「喂，怎麼啦？」好像沒想到我會那麼早聯絡，她十分困惑。

「預定變更，三十分鐘後執行計畫。」

「三十分鐘後？等一下，不要突然變得那麼急好不好？」

「不管是三十分鐘後，或五個小時後，要做的事又沒變。」

「可是，我需要時間心理準備啊。」

「所以我才說三十分鐘後，到時妳給我做好心理準備！」

「等等，最後一步呢？跟先前討論的一樣？要是對方不信任我們怎麼辦？」

「會相信的！沒有理由不相信。」

我說得很有自信，好讓樹理住嘴，但她嘆了口氣。

「絕對沒問題吧？」

「放心，我出手的遊戲不會失敗。」

「知道了，你把話說得這麼滿，我也要有所覺悟。三十分鐘後嗎？」

「是的。」

「那你呢？還在公司吧？」

「我在你爸爸的公司，正要跟他開會。」

「咦？」

「千萬拜託，全靠妳的演技了。」

唉，手機那頭傳來樹理大嘆一口氣的聲音。

「了解，我會試試。不過，要是沒做好，會馬上中止計畫。」

「不會的，妳一定可以！」

掛了電話，我走向三十分鐘後的遊戲對手所在之處。

會議的主題，是使用網路攝影機的企畫案。在日星汽車公司發表的新車裡搭載攝影機在路上行駛，考慮購買新車的客戶可使用網路觀看影像。不只從前面的車窗拍攝，包括內裝、儀表板、各種鏡子的情況，涵蓋駕駛人的視野範圍。按一下滑鼠，便能任意切換畫面。也就是說，在家裡就能體驗駕駛的感覺。雖然是個還不錯的點子，但和介紹新車的節目沒有太大差別。更正確地說，是用比我原先企畫的汽車公園更便宜的預算來完成。

「網路傳輸的速度有限，想立即得到速度感和臨場感，是兩個要克服的課題。跟這個問題有很大關聯的是，要在怎樣的路上奔馳？我們考慮以國外爲背景，或許會增加一些眞實的臨場感。」對於杉本的說明，點頭的都是我們公司的人。當然，我沒有點頭。

葛城勝俊舉起手，全場氣氛頓時緊張起來。

「我們可不是在深夜節目做新車介紹。」

我嚇一跳，葛城勝俊竟有相同的想法。

「不是只播放美麗的影像而已，我們不需要這樣的東西。對於有購買能力的客層，我們要提供的是新車物超所値的資訊。不僅僅是製造話題，而且要正確傳達試駕的感覺。如果不是在一般人經常使用的道路上，就沒有意義。讓客戶看在澳洲或加州的影像，是起不了作用的。」

聽來刺耳，不過與我不謀而合。杉本偷瞄小塚一眼，兩人互望，浮現困窘的表情。預定拍攝的地點大概是在澳洲吧。

我看一下時間，從打電話給樹理到現在，已過二十七分鐘。

秒針又繞了三圈，我偷瞄葛城勝俊的神色。沒什麼變化，但看得出他想集中精神在這場無聊的會議上。

不久，他專心的神色瞬間一沉，探進西裝的內袋。跟我想的一樣，他並未把關掉手機電源。

「抱歉……」他說完便走出會議室。

此時，會議中斷。副社長爲了接聽手機而離席，似乎十分罕見，日星的人員不禁交頭接耳。

半晌後，葛城回到會議室，與部下耳語一番。見部下點頭，他沒跟我們打聲招呼，又走了出去。

「不好意思，葛城先生有急事先離席。但他做了交代，我們的會議照常進行。」

「但葛城先生不在，就算我們談好也沒什麼用。」

「不，葛城先生的意見，我大致上都聽他說過。」

「是喔。」

難得小塚會擺臉色。提議開會的人先走一步，心裡不爽也是理所當然。

我湊近小塚，跟他說：「社長，我先回公司。接下來，我在這裡也沒什麼意思。」

小塚點頭答應，他也沒閒工夫再和我多說。

走出會議室，我衝動地想跑到停車場。這個時間，在主管專用的停車場，葛城勝俊恐怕急忙發動著賓士車的引擎吧。但被別人目睹我窺探的樣子就完了，我忍耐下來，往正面玄關走去。

在日星汽車總公司的門口招了輛計程車，先回位於青山的辦公室，但到附近便下車，換搭另一輛。吩咐司機開往淺草後，我看一下時間。

樹理應該會先打電話回家，葛城夫人在家等著。不是夫人親生女兒的樹理，不知道會如何跟夫人說話？夫人身邊有刑警，或許會用擔心的語氣應付吧，但她想必會暗暗咒罵，爲什麼會變成要付三億圓的綁架案。

樹理對她的指示是，馬上將三億圓搬到車上出發。往哪裡去還不清楚，先從某一條道路朝西前進，僅僅如此。

另一方面，樹理也聯繫葛城勝俊，就是先前打的那通電話。給葛城的指示非常簡潔，把紙箱和膠帶準備好，並發動賓士，保持隨時可出發的狀態。

我與樹理通了電話。

「喂，是我。」樹理的話聲顯得有點興奮。

「進行得如何？」

「全照你交代的做啦。媽媽馬上就會到新宿。」

「好，進行下一步。我正前往約好的地方。」

「嗯，知道了。」她說完馬上掛斷電話。

我收起手機，想像葛城夫人開著ＢＭＷ停在東京都廳前的情景。樹理打電話給葛城勝俊，指示他將車開往都廳。

警方應該會跟蹤ＢＭＷ，夫人和車子上約莫裝有追蹤器和竊聽器。我們這邊首先要做的，就是將這些設備去除。爲了達成目的，一定要將開車的人和車子一起換掉。

樹理的下一通電話，是指示他們將贖金從高爾夫球袋換到紙箱，然後由葛城勝俊開賓士運送。這麼一來，所有可能造成妨礙的設備便都排除了。

向樹理解釋這個計畫時，她皺著眉說：

「要是換了司機和車子，仍裝有追蹤器或竊聽器，不就完了？」

我馬上搖頭，「他們才不會做這種事。」

「爲何你那麼有把握？」

「要是犯人看到他們移動裝設這些東西就糟了。妳父母又不是警察，要偷偷裝上這些設備，他們做不來吧？」

「但我們也看不到啊。」

「對方怎會知道我們看不到？」

「啊……對喔。」

「犯人可能躲在哪裡監視也不一定——要讓對方這樣想，我們才能占上風。這就是所謂的撲克牌遊戲啊。」

在搖搖晃晃的計程車中，我祈禱樹理順利進行這幾個步驟。敵手應該會認爲，樹理是在生命受到威脅的情況下打電話，大概做夢也沒想到她是單獨行動。光是這件事，就有王牌的效果。

快到駒形橋時，我下了計程車，開始步行。邊走邊把計畫在腦子裡順過一次。沒問題，可以順利進行。

高聳的建築物面朝高速公路，屬於某啤酒公司。我搭電梯到頂樓，這裡是瞭望台兼啤酒屋。我在入口處買了餐券。

店內吧檯呈ㄇ字型，所有座位都面窗，已有幾名客人坐在位子上。我在左側角落的位子坐下，從袋子裡拿出望遠鏡，朝高速公路對好焦距。在此處客人這樣做一點也不稀奇，沒人會注意到我。因爲這裡的客人都是臉朝外，店員只能看到客人的背部。

樹理要是沒有失誤，葛城勝俊駕駛的賓士應該已朝這個方向過來。我有點沉不住氣，樹理再不出現就麻煩了。

正要看手表，有人輕拍我的肩膀。樹理在左邊的位子坐下。她穿著水藍色的洋裝。

「葛城先生……」我小聲問。

「剛上高速公路。」她簡短回答。

我從望遠鏡看出去。這是高倍數的鏡頭，但是要在快速通過的車流當中找出葛城勝俊的賓士，仍頗爲困難。

「打電話確認一下行蹤。」

樹理照我說的做，電話馬上接通。

「喂，是我。現在到哪裡？」她低聲問：「什麼？剛開上向島線？」

我調整望遠鏡的位置。從箱崎到這裡，順利的話只要幾分鐘。

「你就繼續開……對不起，我也不知道目的地。」

樹理並未掛斷電話。由於是王八機可以這樣使用，等這場遊戲結束，得馬上處理掉。

一輛銀灰色賓士出現在我的視野中，在車道上前進，應該沒錯。儘管無法看到駕駛人，但直覺就是他。

我在腦中盤算著，然後開口：「告訴他過了駒形後，從向島下去。之後的指示內容，妳應該知道吧？」

眼角餘光瞥見她靜靜點頭，我拿出自己的手機，按下預先設定的號碼。

「日星汽車向島經銷店，您好。」傳來年輕女孩的聲音。

「不好意思，我是日星汽車經理室的田所，請問負責人在嗎？」

聽到是經理室的人，對方嚇一跳。

「是，請您稍等。」

坐在旁邊的樹理則向她父親發出指示：

「爸爸，從向島出去……反正就是先出去啦！」

我的電話有了回應：「喂，我是店長中村。」

「我是經理室的田所。抱歉，事出突然，有一件非常緊急的事想麻煩您。」

「什麼事？」中村的聲音帶著一絲緊張。

「副社長開自己的車剛好到了這附近，車子似乎有些故障。」

「副社長的車……」中村話只說了一半，這恐怕是他想都沒想到的事吧。

「他想找JAF（*1），但有件事比較麻煩。」

「出向島了嗎？這樣的話，沿著墨堤大道南下……不是，是往南下走，往回走啦！」

樹理用低沉尖銳的嗓音發出指示。我邊聽邊進行負責的工作。

「副社長的車上有箱東西，想請您盡快幫忙運到某個地方。我在地圖上進行確認，發現您的店離得最近，所以打電話給您。」

「那麼……我應該能想辦法處理……要去哪裡呢？」

「詳細的地點，等一下再跟您聯絡。反正，請先到高速公路的入口處等著。你們的店離向島出口很近吧？」

「嗯，是的。」

「那稍後再跟您聯絡一次。不知是哪位會過去？」

「噢，應該就是我過去。」

「方便請教中村先生您的手機號碼嗎？」

問了對方的號碼後，也把這邊的號碼告訴對方。當然，不是我現在用的這支手機號碼，而是樹理正在使用的人頭手機的號碼。

我先掛斷電話，邊喝啤酒邊聽樹理的對話。

「對，再次從向島交流道上高速公路……爲什麼他們要這樣做，我也不知道啊！我只是照他們的指示說而已。」

我又用望遠鏡查看，依然看不到賓士。

警方應該尾隨在後。先下向島交流道，迴轉逆向再度開上高速公路——採取這種不自然的行車方式，警方會怕犯人察覺他們的行動，但在追蹤器和竊聽器都沒安裝的情況下，只能

*1 道路救援。

繼續跟蹤。就算擔心人質的安危，他們的行動也會堅持到底。

要怎麼擺脫警方，成爲最後的難題。

看到賓士了！我的手伸向樹理，她把手裡的電話遞給我。我將電話拿近耳朵，深呼吸後，開口：

「Hello, Mr. Katsuragi.」

突然變成男人的聲音，而且說的是英語，對方一時沒有反應。

我繼續說著，全程使用英語。

（現在開始用英語，應該沒問題吧？要是竊聽電話的警察英語還不錯，只能認了，算我們運氣不好。接著，請把車子停到下一個休息站。前方三百公尺左右，有個休息站，把車停到引道的最後一格停車位。明白就回答「Yes」！）

「Yes.」

「Excellent.」

我用望遠鏡看著駒形休息站，賓士車打了方向燈開進去。可是，後面沒有車跟著進休息站，而且賓士的前面也沒有其他車先行進入。跟蹤的車大概無法應付這種突發的狀況吧，和我的計算一樣。

（將引擎熄火，拔掉鑰匙，離開車子。有休息處，進到裡面去。）

可聽到車門的開關聲，然後葛城勝俊出來了。

「做這些事沒什麼意義，一開始就沒有警察。」

（別廢話，照做就好。）

「我只希望樹理能回來，本來就打算要付錢。」

（不是說別廢話了嗎？接著數數，從千開始倒數。請用英語數。）

「不用做這些事，我根本沒報警。」

（照我說的做。）

聽到一聲嘆息後，葛城開始倒數：「One Thousand.」「Nine Hundred Ninety Nine, Nine Hundred Ninety Eight.」

（就這樣繼續數！）

我拿另一支手機打給中村：

「喂，我是田所。請問現下您在哪裡？」

「啊，嗯……我就在向島交流道旁邊，隨時都能出發。」

「您開怎樣的車？」

「白色的小型休旅車。」

「請您馬上出發，副社長的車子就停在駒形休息站。副社長大概已不在那裡，是銀灰色

賓士，車子應該沒上鎖。麻煩您將車子裡的紙箱運走。」

「這箱東西要運到哪裡呢？」

「清洲橋旁有家新航站飯店，大門口有名叫松本的小姐會在那裡等著，把東西交給她就好。」

「那是清洲橋的新航站飯店喔！」

「那就萬事拜託了，副社長也說，改天一定好好謝謝您！」

「哎，不必那麼客氣。」

「那是一定要的，幫了我這麼大的忙。」

切斷通話後，我向樹理使了個眼色。她把葛城勝俊正用英語數數的電話交給我後，起身離開啤酒屋。

我用望遠鏡觀察高速公路，不久，看到白色小型休旅車開過來。

小型休旅車開進駒形休息站，葛城仍繼續數著。不過，看不到他注意著贖金何時會被搶走的模樣。

眞有警方的人在，應該會在這個時間點出現。但在目前看得到的範圍內，並未出現我顧慮的情況。

小型休旅車開出休息站後，我站了起來，把和葛城勝俊通話的電話掛斷。

叫了計程車，回到自己的住處。坐上MR-S後，我再次出發。

我把車停在新航站飯店旁，慢慢走過去。

樹理似乎發現我的身影，自動門一開，便看到她走出來，雙手交抱在胸前。

「東西呢？」

「拿到了。」她詭異一笑。

14

確定沒有竊聽器、追蹤器等類似的設備後，我們把車子上的鈔票裝入別的袋子，然後把紙箱丟棄，才回到屋子裡。我的心跳加速，只能反覆深呼吸，試著平靜下來。樹理在車上也沒說半句話。

一進到屋子裡，她緊緊抱住我。

「終於做到了，太成功了。」她的呼吸有些急促，這也是理所當然，因爲她完成一個重要的任務。

將她的手從我的頸間拿開，我看著她的眼睛，紅紅的。

「做得好。但眞正的快樂要再等一會，還有最後的收尾工作。」

「要做什麼？」

「反正我先回公司，妳好好休息吧。」

「那錢……可以數數看嗎？」

「不行，還不能碰。忍不住想摸，就先戴上手套。」

「手套？」

「理由等我回來再跟妳說。」

親一下樹理的嘴，我馬上出門。

回到公司，面無表情地走到自己的座位上。沒人注意我，去日星汽車總公司開會的那批人也還沒回來。

打開電腦，我思索片刻，打起文章。

> 葛城勝俊先生：
>
> 東西已拿到手，只是內容物尚未確認。
>
> 確認後，會將葛城樹理送還給您。
>
> 要是察覺警方有動作，將立刻取消。
>
> 送還葛城樹理的方式，日後再行聯絡。

確認沒有打錯的地方，用人頭的電子信箱寄出。確認信已發送，再把文章從電腦中刪除。這個電子信箱今後不會再使用。

過了下班時間沒多久，小塚一票人回到公司。一見到我，小塚走過來。

「不好意思，今天委屈你啦。」

「不會。說到這個，你們今天會開得如何？」

「大方向算是決定了，明天開始就慘嘍。」

「但還是要等葛城先生決定吧？因爲他中途跑掉。」

「不……他回來了。」

「哦，葛城先生嗎？」我的聲音突然變了。

「嗯，大概事情辦完了吧，他在會議快結束前回來，所以開會的內容當下就得到認同，還好沒白跑一趟。」

「喔，這樣……」

眞是難以置信。這麼說來，葛城勝俊一交出贖金，便馬上回到公司。這是怎麼回事？一般應該是馬上通知警方，然後追蹤處理，不應該是回去開會啊。

「怎麼？」小塚露出懷疑的目光。

「不，沒事。計畫順利進行，眞是太好了。」我應酬地笑了笑。

離開公司，走在回家的路上，這個疑問一直在我腦中打轉，怎樣都無法釋懷。

耳邊響起白天葛城勝俊說的話：

「做這些沒什麼意義，一開始就沒有警察。」

「我只希望樹理回來，本來就打算要付錢。」

「不用做這些事，我根本沒報警。」

葛城再三強調沒有警方的人，但我沒相信他說的話，即使到現在仍不採信。但前後不符的地方太多了，之前在箱崎交流道時也一樣。

回到家裡，樹理坐在沙發上看電視，茶几上鈔票一疊一疊堆得整齊漂亮。三億圓的數目，果然壯觀。

「妳沒直接觸摸吧？」

「我有戴這個喔。」樹理捏起手套，「只是，爲什麼不能直接觸摸？」

「鈔票上有沒有動手腳我們又不知道。譬如，說不定上面灑了一種液體，手一碰到就會被染色，要用特殊溶劑，不然去除不掉。」

「有這種東西？」她露出不快的表情，看著鈔票。

「聽過這樣的傳言。還有其他的啊，像是抹上一段時間後會變色的藥物。如果在不知情的情況下用了這些錢，過沒多久，拿到這些錢的人會起疑，然後報警。」

「各式各樣的花樣都有嘛。」

「所以，這兩、三天內不要碰比較好。等時間過了，沒有任何變化，大概就能確定沒問題。」

「你眞是厲害。」樹理說。

她並不是恭維，像是由衷佩服。我驚訝地看著她：「忽然這樣，是怎麼啦？」

「你什麼都懂，還看到二、三步後的狀況。拿贖金的事也是啊，又這麼順利。我們幾乎沒什麼大動作，光用手機就拿到三億圓。」

「不用給我戴高帽，妳該拿的部分又不會少。」我笑著說：「妳該拿的部分是二億七千萬圓。忽然變成一個有錢人！」

「拿這麼多眞的好嗎？」

「從妳原本可繼承的數目來看，大概算少的吧。我三千萬圓就足夠了。除了玩了一個有趣的遊戲外，算是很好賺。」

「而且，還搶先葛城勝俊一步？」

「是啊。」我一邊笑著，心中卻一陣不安。眞的是這樣嗎？我眞的贏了葛城勝俊？

「怎麼啦？」樹理注意到我的表情變化。

「其實，我是想到遊戲尚未結束，最重要的部分還沒收尾。」我豎起食指說：「人質的送還。妳會被塑造成遭無情的綁架犯監禁，又得協助取得贖金的受害者，最後一定會把妳送回親愛的爸爸身邊。」

「關於下一步，變成女演員就可以了吧。」

樹理很有自信地說。

「接下來的演技可是很辛苦的，我又無法在妳身邊。不論碰到什麼狀況，妳都要一個人撐下去。並且，這不是一時的，而是一生。這一生，妳都必須演一個被綁架的受害者。」我在她的身旁坐下，手繞過她的背，將她拉到懷裡說：「妳應該有這種覺悟吧？」

樹理眨眨眼，凝視著我，回道：

「你不想想我是誰？我可是葛城勝俊的女兒。」

「也是。」我點點頭。

要把樹理送回家並不難。只要在一個別人看不到的地方讓她睡下，然後通知葛城勝俊就好。當然，樹理不一定要眞的睡著，只要演出來就足夠。

問題是在這之後，得要求她展現高度的演技了。

「警方一定會從妳被綁架時問起。」我看著她說：「那是什麼狀況，之前也談過，還記得嗎？首先，警方會問妳，爲何那麼晚才從家裡跑出去？妳怎麼回答？」

「那天晚上，我……」樹理一副在回想的表情，「爲了面霜的事和千春吵了一架，心情亂七八糟的，想去常光顧的夜店。怕被爸媽罵，所以偷偷摸摸地跑出去。」

OK，記得很清楚，眞是厲害。

「方便詳細描述一下當天被綁架的情形嗎？」我假裝拿著麥克風遞到樹理面前。

「離家沒多久，一輛車停在我旁邊。正想是什麼事啊，往車子那裡一看，忽然有人從後面抱住我。剛要喊叫，對方拿手帕摀住我的口鼻，之後我就不記得了。」邊思考邊說到這裡，她一副想問「如何啊」的表情。

「關鍵就在這裡。清醒過來時已在犯人的隱身處，應該會被問到是怎樣的地方，妳會如何回答？」

可要想一想了。這個部分不自然，警方一定會懷疑，他們多少會想到這是惡作劇的綁架。隨便掰，說不定會在某些地方出現矛盾。

「眼睛被矇起來了。」我說。

「什麼？」

「妳就這樣回答。當妳醒過來的時候，眼睛已被矇起來，什麼也看不見。而且，手被綁在背後，整個人放在床上。」

「那腳呢？」

「沒綁著。」

「爲什麼？」

「沒必要。看不見、手又不能用的狀態，幾乎無法行動。再綁腳，對犯人來說反倒麻煩。每次上廁所就又解又綁的。」

「知道了。」她點點頭。

「正想要動一下身體，出現女人的聲音——妳就這樣回答。這女人說：別想從床上站起來，只要乖乖聽話，我們不會傷害妳。」

「喔，好酷。」

「是的，是個豪爽的女人。像這樣很酷的女人，妳會想到誰？」

樹理稍稍歪著頭想了想，然後說：「江角眞紀子。」跟我想的有些不同，不過還可以啦。

「好，就這樣假設。警方會問，這女人的聲音有什麼特徵，大約是幾歲的人，有沒有特殊腔調？這時候妳注意到她的聲音，想到江角眞紀子，妳就這樣回答警方。」

「如果被問到『是聽過的聲音嗎？』，要怎麼回答？就回答是江角眞紀子吧。」

「可以。難道警方眞的會去找江角眞紀子不成？好吧，眞的去找也無所謂。」

「這個很酷的女人，就是看守我的角色？」

「看守兼給妳飯吃。雖然沒什麼食欲，但這個女人一定要妳吃飯，最後沒辦法，只好硬塞到妳嘴裡，要妳吃下去。因爲是在眼睛矇住的情況下吃東西，不會給太燙的食物，不容易吃的也不行，三明治之類的還可以吧。只有在吃東西的時候，讓你的雙手自由，但相反地，這時候雙腳是綁起來的。好，我們就這樣假設。」

「吃東西的時候手是自由的，雙腳是綁起來的……」樹理似乎在想像這是怎樣的狀況。

「這個江角眞紀子還有一個任務，就是當妳說話的對象。她會選擇一些與這個案件無關的話題，跟妳隨便聊聊，像是明星、流行時尚或是體育等等。」

「那有關戀愛呢？」

「這個嘛……」我搖搖頭說：「這樣假設好了，談到這個話題，她的話變得很少。因爲這個女的有一個同夥，警方會猜測她的情人或丈夫，是不是就是主謀？他們自然會想知道，這個女的說了哪些和戀愛相關的話。如此一來，就更麻煩了，會加重妳編造上的負擔。」

「也是。」樹理似乎明白了。「可以問個問題嗎？」

「什麼？」

「上廁所也是矇著眼睛嗎？什麼都看不見，要怎麼上啊？江角眞紀子會幫我忙嗎？要是這樣，有點討厭。」

我點點頭，苦笑了一下。她要說的我也理解，還有一些問題必須設定好。

「當妳想去上廁所，這個女的會拉著你的手去。進到廁所之後，才能解開矇住的眼睛。」

「兩個人都進到廁所？」

「雖然很窄，但沒辦法。犯人就是不想讓妳知道多餘的資訊。鬆開眼罩後，那個女的馬上出去。這是妳少有的自由時間，可以放鬆地尿尿或是做些什麼。」

「聽來眞是噁心，像老頭子說的話。」

「當然，妳會慢慢觀察廁所的內部。裡面的是水泥牆，有抽風機但沒窗戶，照明是日光燈。放有衛生紙和生理用品。馬桶是坐式，也有免治馬桶的裝置。」

太好了！樹理輕輕拍手。沒有免治馬桶的廁所要怎麼用，她大概很難想像。今後這樣的人會愈來愈多吧。

「門是木製的。本來應該可從內側上鎖，是那種橫栓式的，但被拆掉了，怕會反鎖在裡面。」

「我記得了這麼多嗎？」樹理皺著眉頭，雙手握拳挾住腦袋。「好想寫小抄放在身上。」

「警方會問，妳進到廁所或走出廁所時，是不是聽到什麼聲音？」

「什麼都沒聽到，這樣回答比較沒有問題吧？」

我搖搖頭說：

「通常眼睛被矇住的人，聽覺會變得比較敏銳。說什麼都沒聽到反而會引起懷疑，還是有聽到什麼會比較好些。」

樹理忽然彈了一下手指說：「汽笛聲！」

「嗯，不錯。」我點點頭。這女孩的反應真快。

「第一次打電話，在橫須賀港不是讓他們聽到了汽笛聲嗎？誤導他們犯人隱匿的場所在港邊。所以警方問起，回答汽笛聲不是更妥當嗎？」

「就這樣。但要是一直都聽得到，也不太自然。犯人應該也會注意到這個聲音。妳就回答聽過一、兩次，而且似乎是在很遠的地方。」

「了解。關於聲音，這麼回答就好了嗎？」

「只有汽笛聲頗奇怪，也有車子經過的聲音。聽不到汽車聲音的地方反而少。」

「船和汽車喔。」樹理一副玩得挺樂的表情。

「再來，和妳接觸的不是只有這個很酷的女人，最少還有一個犯人要上場，是個男的。」

「我知道，是實際取走贖金的現行犯，對吧？」

「現行犯，妳居然會用這麼難的詞。不過，如妳所說，妳最少有三次和這個現行犯一起行動。第一次是最初打電話的時候，警方一定會要妳詳細說明情況。」

「愈來愈麻煩了。」樹理露出厭煩的表情，搔搔頭。

「這些辦案的人可是拚了命的。贖金眼睜睜被拿走，妳至少要撐過他們的質問。」

「知道啦，要怎麼跟他們說？」

「就回答犯人叫妳打電話回家，於是在那時候聽到主嫌的聲音。就像問那個女人的聲音一樣，警方也會問那個男的聲音特徵。」

「這次要說誰好呢？你覺得福山雅治如何？」

樹理的眼中閃爍著光芒，或許是他的歌迷吧。

「我假設大約是四十歲，妳想到什麼人嗎？」

樹理轉動大大的黑眼珠，拍一下膝蓋說：

「高三的班導差不多是這樣歲數的人。不一定要藝人也可以吧？」

「可以。有關最初電話的部分就這樣。接下來比較難，就是箱崎交流道的事。那時候沒有理由從隱匿處移動，警方想必會追根究柢。」

「就算都說不知道，也行不通吧？」

「妳的眼睛仍被矇住，還加上耳機。耳機裡持續播放很吵的音樂。不用多說，犯人當然是爲了不讓妳聽到其他的聲音。妳就這樣被帶上車，載到某個地方。妳要強調不知道是什麼地方，看不見又聽不到，想知道也不可能吧。到了那裡才拿下耳機，但眼睛還是矇住。然後，這個男的給妳詳細的指示，就是那時候我叫妳做的事。妳遵從那些指示，透過手機跟葛城勝俊說話。」

「我那時候說的內容，你不是都寫在紙上嗎？眼睛被矇住，就不能照著念了吧？」

「所以，是跟著對方說。主嫌說一句，妳重複一句。」

不管怎樣，警方總會找到我們利用的飯店。除了那裡，沒有別的地方能那樣清楚觀察箱崎交流道。而且，這家飯店的電梯可從地下停車場直達客房，避人耳目地帶著一個矇眼戴耳機的女孩上樓。

刑警會去飯店調查，但飯店方面不可能注意到我們的眞實身分，因爲我們沒留下任何資料。

「再來，是最後交付贖金的時候。」

「那時候也是矇眼戴耳機吧？」

「當然。但這次是回答坐在車裡，在這種情況下被命令打電話。」

「哪裡都不去嗎？」

「妳只知道車子一直在跑，有時候會停下，但時間都不長。警方會解釋成，犯人是在高速公路上移動，邊指示拿取贖金的行動。是從哪裡看到駒形休息站或整條高速公路，他們也會搞不清楚。」

說到這裡，我嘆一口氣。

「妳幫犯人的忙就到此爲止。」

「實際上還有一點啊，最最重要的，也就是拿贖金的角色。」

「妳沒素著一張臉出來吧？」

「我都照你說的做，穿著帶來的樸素衣服，妝也變了，你是知道的。」

「這樣就好。」我滿意地點點頭，「那個人不是妳。日星汽車經銷商向島店的中村，把東西交給叫松本的小姐。跟你是完全不同的人，長長的頭髮，還戴太陽眼鏡。」

「是這樣的小姐吧？」樹理把放在旁邊的假髮戴上，再搭配深色的太陽眼鏡。

「跟江角眞紀子有一點像，又不太像。」我語帶諷刺，把她頭上的兩種道具拿下來。

「這些一定要處理掉，還有那支王八機。其他必須處理掉的東西……」

「我們的過去吧。」說完，樹理直視著我的眼睛。

15

拿到贖金整整經過兩天，鈔票沒什麼變化。我誠惶誠恐地觸摸，也沒發現任何異狀。對方大概沒在鈔票上動手腳吧。

我把三千萬圓的鈔票裝到超市的袋子裡。

「這些是我該拿的部分，剩下都是妳的。」

樹理看著桌上，輕嘆一口氣：

「滿大一堆的，還很重的樣子。」

「這也說明了這場賭局有多大。」

我把百貨公司的紙袋遞給她，她把鈔票裝到紙袋裡。二億七千萬圓，的確挺重的吧。

「這些錢該怎麼辦？」

「喜歡怎麼用就怎麼用，全屬於妳。只是，最好不要花得太招搖。」

樹理搖搖頭說：

「才不是在說這個呢。我不能直接把錢拿回家，乾脆放到投幣置物箱，等案件引發的騷動平息，再去拿出來。」

「投幣置物箱太危險了吧？萬一鑰匙被發現就玩完。再說，事情什麼時候會平息也不知道。保管期限一過，置物箱一被打開，那也是完蛋。」

「到底該怎麼辦？」

「有沒有隱密的地方？只有妳可以進去，而且是只有妳知道，還方便出入。要是有這種地方，就能保管一段時間。」

她思索片刻，狡黠地笑了一下：「只有一個地方，而且是個好地方。」

「哪裡？」我也忽然想到了，但我皺著眉頭問：「妳是不是要說我住的公寓？但不可能吧。妳平安回去後，我們絕對不能有任何接觸。這是一開始就決定的事。」

「沒有更合適的地方。」

果然，她想到的就是這房子。

「沒辦法，準備出門。」

「去哪裡？」

「跟著走就知道。」我站起來，「二億七千萬圓不要忘了帶。」

出了門向停車場走去。看看時間，晚上九點半。

「喂，到底要去哪裡？可以告訴我吧？」

「橫須賀。」

「橫須賀……又要去？」

「妳不是有個朋友去美國了嗎？叫由紀是吧？妳不是到她家洗掉電話錄音？」

啊！樹理一副總算了解的表情說：「把錢藏在由紀的住處？」

「那是最安全的吧？」

我原本心想，電話錄音這件事眞是個麻煩，不過現在有這房子倒是很感謝，畢竟一直在煩惱藏錢的地方。

坐進MR－S，跟那天晚上一樣，車篷沒打開。樹理把放有巨款的紙袋小心抱在腿上。這是支撐她日後人生的一筆錢。

「喂，警方不曉得展開搜查了沒？」

「當然！應該是在我們發出傳眞後就開始行動了吧。」

「不知他們有沒有找到什麼線索？」

「沒有理由找到線索。」我撇著嘴，「硬要說，是有一些假線索。譬如，犯人背後的汽笛聲之類的。」

電子信件和手機的部分不用擔心。唯一可稱爲證人的，只有日星汽車向島經銷店的中村而已。要是樹理的話可信，那個男人應該沒有可用的情報能提供給警方。

「不過……有一個確實的線索。」樹理說。

「是什麼？」
「犯人會說英語，而且是英國腔。」
我嚇了一跳，方向盤頓時打滑，車子大大地越過中線，我急急忙忙把車穩下來。
「妳英語不錯嗎？」我故作鎮靜地問。
「還好吧。不過說真的，我不知道是什麼腔調，只覺得好像是英國腔，不對嗎？」
「嗯……我也不知道。」我感覺腋下在流汗。
沒錯，我曾在倫敦待了將近一年。英語能力可說是那年訓練出來的。聽多了的話，或許分辨得出來。
轉上高速公路，我們到了橫須賀。不久，就看到之前去的餐廳，我想起MR－S被噴漆的事。
「要不要在那裡等我？」樹理問。
「不要，那家店觸霉頭。今天晚上我會在附近。」
「附近？」
「由紀住的公寓附近。拿著這麼重的東西很累吧？」
「我是無所謂。只是，在公寓附近等，又是這種車，未免太醒目。」
「妳醒目比較可怕。只是把東西放到公寓裡，停一下不會被懷疑的啦。告訴我怎麼走。」

「啊……嗯……下一個路口右轉。」

「右轉哪。」我打了方向燈，進入右轉車道。

但從這裡開始，麻煩來了。樹理不記得到底怎麼走，一下轉錯彎，一下路不對。轉來轉去，到達目的地花了三十分鐘。因爲沒開車來過，樹理這麼解釋。

「就算是這樣，也太離譜了。算了，是這棟公寓吧？」我看著右側的道路問。眼前是四層樓高的白色建築物，戶數並不多。將近半夜十二點，有一半以上的住戶燈亮著。

「嗯，那我上去嘍。」

「小心點。」

我坐在車子裡，目送樹理搬著重物的背影。幸好四周住家不多，時間也晚了，不用擔心會被撞見。

我呆呆地望著公寓，忘了問樹理是幾號，也不知道她打算上到幾樓。四層樓的公寓，說不定沒有電梯。把東西搬到四樓，也不是件輕鬆的事。

大約過了五分鐘，我不禁納悶。沒有新亮燈的窗戶。由紀的住處應該是暗的，樹理一進屋應該先開燈，還是，從這個角度看不到她的住處？

再過五分鐘，樹理走出來，小跑步穿過馬路，往車子這邊來。

「久等啦。」坐進車子時她這麼說。她的呼吸有些急促。

「順利藏好了嗎？」我發動車子。

「嗯，完美無缺。」

「由紀的家人不是也會來嗎？」

「放心，她說絕對不會有這種事發生。我藏在一個不太容易找到的地方，就算有人進去也不會輕易發現。」

「由紀的住處有那麼大嗎？」

「才不是這樣呢，是因爲她的家具放得亂七八糟。」

「有幾個房間？」

「啊？」

「由紀的住處有幾個房間，是單一套房嗎？」

「喔，嗯……是套房，怎麼了？」

「沒什麼，我只是在想，這附近的年輕人都是住怎樣的房子。」

我心想，若是套房，開了燈外面應該看得出來。

開了一段路後，樹理說：「喂，想不想去那裡？」

「哪裡？」我踩了煞車。

「那個地方啊！你應該記得吧？上次來的時候去過。」

「噢……」我當然沒有忘記。

「爲什麼要去那裡？」

「因爲……今天是最後一天，我必須回家，我們再也不會見面了吧？」

我沉默不語。一點也沒錯，原本就考慮今天晚上把她載到某處，通知葛城勝俊，結束遊戲。

「所以，最後我才想再去有著回憶的地方看看。」她彷彿在對空氣講話，大概是不好意思吧。

我放開煞車踏板，橫須賀是製造假證據的地方，不宜久留。但我又想，再待一下也好。就像她說的，這是最後一夜。

把車停在三浦半島前端的山丘上，是三十分鐘以後的事了。和那天晚上一樣，車頂篷全開，呼吸著夾雜草香的空氣。身旁的樹理也深深地呼吸。

可惜天空布滿烏雲，今晚看不到星星。

「時間雖然很短，卻非常有趣。」樹理望著我說。

「是驚悚的遊戲吧？」

「明天之後，似乎又是無聊的每一天了。」

「不會吧。都說過幾次了，妳還有好多事要做。」

「跟現在做的事比起來，根本沒什麼大不了。」

「眞是有出息。」我笑著說。

「佐久間先生，」她的眼眸散發著眞摯的光芒說：「這一段時間，眞的謝謝你了！」

「還不到需要讓妳道謝的地步啦。我也很高興能玩得這麼愉快，好久沒感受到眞正一決勝負的快感。」

「而且，贏了這場遊戲？」

「沒錯！」

我們互望，笑了出來。

「不過，眞的謝謝你。由於你的出現，從現在開始，我可以繼續活下去。」

「這樣說有點過頭嘍。」

「這是眞的……你無法了解我現在的心情吧。」她歪著頭說。

我們凝視對方，然後接吻。她的唇是那麼柔軟，是完全的溼潤。我感覺到自己勃起，但並沒有想把手放進她的內褲。不管什麼情況，脫身的時刻是最重要的。兩人的關係一定要斷得乾淨。對於捨不得的心情，一定要謹慎。

但到了最後，我終究再次緊緊抱住樹理。短短幾天裡，她似乎瘦了一些。兩人身體分開時，她又輕輕說一聲：「謝謝你。」

開車從灣岸大道的大井南出口下來，前往品川車站。我沒停在車站前，而是停在左側可看到大型飯店的地方。

「好啦，最後再複習一次。」我說。

「還要？實在是非常囉唆耶。」樹理苦笑。

「這樣的囉唆可是救命繩呢。不要抱怨，迅速說一遍。」

「我醒過來的時候……」樹理望著遠處，「發現自己在車子裡昏睡。大概是賓士車吧，手腳沒被綁住，身旁也沒有其他人。然後我就下了車，頭昏昏沉沉的，但要逃只能趁現在，於是拚命地跑，沒多餘的力氣去記車牌號碼。怎麼看都像在停車場，而且是飯店的地下停車場。我搭電梯到大廳，因爲是半夜，一個人也沒有。接著，我從玄關大門離開，走向計程車招呼站。沒想到身上是不是有錢，反正回到家總能解決。」

她笑一笑，看著我說：「有不對的地方嗎？」

「沒，Perfect！」我做了個ＯＫ的手勢，「信有帶著吧？」

「嗯，你放心。」

我讓她帶著一封信。在信裡，我用電腦寫了以下內容。

葛城勝俊先生：

謝謝您的贖金。依照約定，送還葛城樹理。

我們對她沒有任何暴力行爲，可從她本人口中得到證實。這次交易稱得上相當有效率。

這是一場十分愉快的遊戲。到此爲止。今後不會再有任何聯絡。我向您保證，不會再選擇您當遊戲對手。

綁架人　敬上

「那麼……差不多該分手了。」

「嗯，保重。」

「妳也一樣，加油！」

我們握了手。樹理看著交握的手下車。謝謝，再見——互相道別後，她關上車門，我發動車子。

都會的夜景，在眼前展開。

16

好久沒在星期六約會。今天的對象是二十四歲的會場接待小姐。請她吃義大利料理，雖然在飯店酒吧喝了幾杯雞尾酒，但沒進展到住宿飯店的情節。真想這樣做，飯店恐怕也沒空房了吧。有自信把到女人的時候，我都會先預訂一個房間，但那天晚上我沒準備。不是沒自信，而是覺得有些麻煩。

老實說，我對這位會場接待小姐並無特殊的期待，約會對象是誰都好。由於抱持這種心態，吃飯沒特別愉快，談話也沒特別有興致。對方大概會覺得奇怪，爲什麼要約她吃飯，最後應該根本沒搞清楚吧。

樹理的事一直在我腦中盤旋。之後事情變得如何？有一點不可思議的是，媒體上完全沒有關於這件案子的報導。世界大企業日星汽車副社長的愛女遭到綁架，而且被取走贖金。發生這種事，一定會引起媒體的大肆報導，想封鎖消息是很難的。何況人質平安釋放，警方更能毫無顧忌地公開調查，豈不是會想積極利用媒體嗎？

和會場接待小姐分手後，回到家裡，我打開電腦上網，進到ＣＰＴ車迷俱樂部的網站。成功拿到贖金後，我便沒上過這個網站。

打開公布欄，毫無關係的文章一大堆，當然和樹理沒有任何關聯，僅是對車子的評論。
看到其中一篇文章，我頓時停下移動滑鼠的手。

拜託！（Julie）

我的愛車到底怎麼啦？錢都付了，卻沒有任何聯絡，究竟是怎麼回事？
身爲車主，要是看到這篇留言，請主動聯絡。拜託！

這到底是怎麼回事？
一看留言日期，是昨天晚上。這篇留言的意思，是趕快把樹理送還吧。但她應該已平安回到葛城家。
莫非這是陷阱？
不無可能。假裝樹理沒有回來，看看犯人會有什麼回應。
然而，就算樹理沒回家，跟犯人一點關係也沒有啊。期待犯人會有所聯絡，未免太天眞。事實上，我現在完全不想再有任何動作。
說不定，樹理是眞的沒回家。
這種可能性比較高。我載她到品川的飯店附近，她不一定會搭上計程車。不，就算她搭上計程車，也不知道她是不是回家去了。她說討厭葛城家，手上又有一大筆錢，會不會就這樣消失？

果真如此，就非常糟糕了。以綁架案件裡的被害者心理來看，通常被釋放後，應該會想回到可以安心的場所。即使是待得再怎麼不舒服的家，樹理也只能回葛城家，沒有其他地方可去了吧。

樹理要是就此行蹤不明也無所謂，眞相將永遠被埋葬。但這應該很難吧？才快滿二十歲的小女生，有辦法隱姓埋名嗎？儘管身懷巨款，既沒有身分證也沒有戶籍，她打算怎麼繼續過下半生？

這種情況一直持續下去，警方一定會進行公開調查。樹理的相片會出現在全國的每個角落，電視上也會不斷重複報導。就算樹理躲起來，也不可能不出門，不可能不跟人接觸，最後一定會被找到吧。

被警方找到後，她打算怎麼演？從那一刻起，她會說出我傳授的台詞。但這樣做也沒什麼意義了吧？警方一定會懷疑，這是場惡作劇的綁架。在警方持續咄咄逼人的質問下，我不認爲樹理受得了，她遲早會把我供出來。

我坐立不安，拿起外套往外衝，醉意一掃而空。

我駕駛MR－S，再度前往橫須賀。樹理藏身的地方，除了那棟公寓以外，再沒有別處。贖金也藏在那裡。

在高速公路上奔馳時，我把處理順序在腦中整理一次。先決條件是找到樹理。找到了該怎麼辦？不管怎樣，必須先抓她回家。對於監禁時間過長一事，只能編個說詞，解釋犯人多麼慎重其事。

要是樹理已和某人見面就完了。我想她不可能笨到那種程度，但萬一發生，該怎麼處理？我的腦袋全速運轉，卻想不出好方法，只能祈禱她沒跟任何人碰面。

抵達由紀住的公寓附近，我把車停在稍遠的地方，走路過去。在這地方鬼鬼祟祟地很危險，把樹理留在此處更危險。無論如何，非得把她帶回家不可。

我邊確認周遭有沒有人，慢慢走近公寓。半夜應該不會有管理員。問題在於，我不知道是哪一戶，只知道她朋友叫由紀。

公寓玄關的玻璃門開著，似乎不是自動上鎖的門。不出預料，管理員不在。一整排信箱在右側，有的寫著住戶姓名，有的沒寫。就算有寫，也只是姓氏，沒太大幫助。

我注意著四周，從一端開始把手伸入信箱去夾取，但裡頭沒有任何東西。約莫是星期六晚上的關係，信箱裡的東西都拿走了。

移到下一個信箱，這次夾到了，是明信片。收件人是山本薰，不像是由紀的信。

手再伸進下一個信箱。這樣做是不是能解決問題？我有些不安，但也只能如此。

手指頭碰到東西，謹慎夾上來，這次是一封信。

松本哲也先生啓

這封也不是，我丟回信箱。那一瞬間，我突然想到一件事。

你不來比較妥當，因爲是女性專用的公寓……

樹理的確這樣說過。

17

成功拿到贖金後，至今已過十天，我的生活恢復到進行綁架遊戲前的正常步調。早上起床，做簡單的體操，吃過早餐後出門。在公司把無聊的事做完，回家前去健身房。打算週末找人約會，這次想要有快樂的性愛，所以得預訂一個合適的飯店房間。

確實是安穩的每一天，但無法說是連心裡都安穩。樹理的事還是掛在心上，爲什麼完全沒有任何報導？我不認爲警方有限制媒體的必要。更何況，CPT車迷俱樂部的留言也令我在意。最後的留言，透露樹理還沒回家的訊息。後來情況到底如何？在那之後，沒再看到新的留言。

要是樹理回到家就算了。沒有任何報導，或許可以這麼想，是葛城勝俊運用他的力量堵住媒體的嘴。若花樣年華的女兒被綁架的事公開，恐怕會有一些對人質是否遭到侵犯的惡意推測。但我總覺得，事情似乎沒有那麼樂觀。

我不安的原因之一，是之前那棟橫須賀的公寓。照樹理所說，她的朋友由紀租賃的是女性專用公寓，可是一經調查，也住了一堆男性，而且有一部分還是某鋼鐵公司的宿舍。之後向管理員詢問，管理員卻說沒有那樣的套房。

樹理爲什麼要撒謊？

我試著回想，她說是女性專用公寓時，內容大致如此：

「你不來比較妥當，因爲是女性專用公寓。你在橫須賀港看船等著就好啦。」

換句話說，她並不想讓我跟，一時之間不得不扯出那樣的謊言。她爲什麼不讓我跟？

我又想起最後一晚，再次到橫須賀的時候。我一起去公寓，她帶路卻是那麼不確定。從出發到抵達由紀的公寓，迷路迷得離譜，爲什麼會這樣？

她可能只是隨便找棟公寓，我暗自推測。無論如何，她都不想讓我去由紀住的地方，於是在附近找棟很像她形容的公寓。也就是說，她在騙我。那既然不是女性專用的公寓，沒有單間套房也就吻合了。這個說法吻合，新的疑問又出現。進展到這種程度，爲什麼不讓我去由紀住的地方？還有，那二億七千萬圓，她藏到哪裡去？

由紀的公寓裡是不是有什麼祕密，不想讓我知道？而且，有必要堅持不讓我到公寓的建築物前嗎？

想到這裡，我對一個根本的問題起疑，由紀住的公寓到底存不存在？不，究竟叫由紀的朋友存不存在嗎？

樹理說出這個名字，是在遊戲剛開始的時候。坦白打電話到朋友住的地方，在答錄機裡留言。我提議遊戲中止，她卻說去朋友的住處把電話留言洗掉就好，才特地開車到橫須賀。

要是根本沒有由紀這個人，電話留言的事想必也是謊言。她爲什麼要說這樣的謊？只有一種可能，就是希望我去橫須賀。但這又有什麼用意？事實上，我是利用橫須賀，精密地假造犯人的藏身處，但這是我想到的，並不是樹理的提議。而她也只提議去看得到星星的山丘。那代表什麼意義？爲何那樣做？

再怎麼想，我都不認爲由紀的事是捏造的。那麼，公寓謊言一事的企圖何在？我的思緒一直在這裡打轉。雖然想找出答案，但完全像迷了路一樣。

我不安的原因還有一個，就是葛城勝俊。

從日星汽車新車宣傳活動相關的同事那裡聽說，葛城勝俊從上星期起完全沒出席會議，而且連公司都沒去。跟他玩遊戲的時候，他完全不動聲色，爲什麼在遊戲結束後，卻不去公司了呢？

葛城勝俊和樹理父女，兩人的臉交錯浮現在我的眼前。無法理解他們的思路，我只能無力地被這樣的狀況追著跑。

「不好意思，能不能左手再抬高一點？啊，就是這樣。差不多這樣就可以了。」滿臉鬍子的攝影師不斷按下快門。

被拍的是最近活躍於海內外的人氣職業高爾夫球選手，正拿著推桿，做出推桿進洞的動作。他似乎已習慣面對攝影機，表情少有不自然的地方。這樣就安心了，攝影不至於會花太長時間。

這是德國某鐘表廠商出品的手表宣傳印刷品的拍攝現場。想表現產品的耐衝擊和耐強震，所以請來高爾夫球選手。他們想要表現的是，在強烈的揮桿下完全不受任何影響。

拍完照，之後是訪問。訪問內容是，高爾夫球選手戴著手表打球時的觸感如何？當然不是由我來問，而是撰寫文稿的人來採訪。訪問在攝影棚的咖啡廳裡進行。這段時間裡，我盯著拍手表單品的情形。採訪的部分，則由一個叫山本的後輩陪同。

這邊拍完，訪問也剛好結束。把高爾夫球選手送出大門玄關後，我們開始討論訪問的內容。撰寫文稿的人有著長長的頭髮，裝扮很年輕。談了一下，發現她想寫的文稿內容重點有些偏離，我只好詳細告訴她該寫那些重點。撰寫文稿的人有些不太高興，然而，想表現自身文才的文章，對我們毫無用處。

「佐久間先生一點都沒變，嘴巴還是那麼辛辣。那個撰寫文稿的人，很想寫這個高爾夫球選手最原本的面貌，所以採訪的重點都放在上面。」在回公司的車裡，山本握著方向盤，一副怪異的表情說著。

「對我們那麼重要的廣告，哪能任由這種人的喜好來做啊！像這種人大概也想成爲非小說類的作家吧。連工作重點都抓不到的人，不太可能會冒出頭。」

「哈哈！這樣說也是啦。」山本怪裡怪氣地笑完，壓低聲音繼續道：「對了，佐久間先生，你聽說了嗎？關於葛城先生的事。」

「葛城先生？葛城副社長嗎？」我大吃一驚。

「嗯，當然。他的女兒，好像碰到什麼麻煩。」

心跳加速，我調整呼吸問道：

「發生什麼事？」

「我也不太清楚，好像是失蹤了吧。」

我面向山本，要是他也轉頭看我，說不定會發現我臉色的變化。幸好，他一直看著前方。

「失蹤！怎麼說？」我的語氣有些浮躁。

「詳細情況還不清楚，我是從別人那裡聽來的。這是日星汽車內部的謠言，不過滿有根據的。葛城先生沒到公司好像是爲了這件事，似乎在考慮到底要不要報案找人。」

「怎會有這樣的謠言？是葛城先生對誰說了嗎？」

「應該吧。如果謠傳是眞的，嗯……」

「你什麼時候聽到的？」

「今天早上，離開公司來攝影棚之前。原本想跟佐久間先生確認是不是知情，可是一忙

[redacted]

就沒空問了。看樣子，你不知道。」

「完全不知道。」

「是喔，不過就是個謠傳啦。」山本不明白事情的嚴重性，一副事不關己的表情繼續開車。

幸好沒在拍攝時聽到，否則我恐怕會無法進入狀況，也沒辦法冷靜告訴那個無能的文稿撰寫人需要調整的地方。

山本談起其他的話題，我隨便應付一下，腦中淨想著樹理。她失蹤了？真的沒回家？那會在哪裡？

在品川車站分手的情景浮現腦海。在那之後，她去了哪裡？還是，被誰侵犯？可能嗎？在惡作劇的綁架後，難道真的被別人綁架？未免太像電視劇的劇情了吧。

原本就是她有意要消失，這樣想比較妥當。消失到哪裡去？想到這裡，我仍對由紀的公寓這個關鍵性的地方耿耿於懷。

如果這樣想呢？其實，一開始樹理早就想好這個劇本。

她搭上我的遊戲，然而，她並不想完全照我的話做。即使最後拿到錢，她也不願回家，打算隱藏行蹤，但完全安頓下來前，她必須找一個容身之所，於是借用朋友的住處。正因如此，她不讓我知道詳細地點。要是我知道，一旦發現她沒回家，一定會去找她。事實上，我也去了橫須賀。

這個推論姑且說得通，只是仍有幾個疑點。假如這個推論正確，她就沒必要跟我說明由紀的住處。不對，這樣一來，那時候就不必急急忙忙趕去洗掉電話留言。若是打算做爲事後的藏身處，屆時再把留言消掉就好。

大概是我一直在心裡自問自答，一路上山本也不再說話。

回到公司，進辦公室時我嚇了一跳，居然沒人在座位上。

「咦，這是怎麼回事？」山本有些困惑。

以爲大家都不在，其實是種錯覺。原來大家聚集在角落。那裡擺著一台電視，前面圍滿人，幾乎看不到影像。

山本問其中一人：「發生什麼事？」

「喔，那個謠傳果然是眞的！」

「什麼謠傳？」

「葛城先生的女兒失蹤，而且超過十天了。」

「噢！」

山本撥開其他人往前走，我跟在後面，總算看得到電視。但上頭只有正在報導其他案件的播報員畫面。葛城樹理的案件似乎已報導過。

圍著電視的同事紛紛回到座位上，互相交換自身的觀感。

「葛城先生無法工作了吧。」

「之前就覺得怪怪的，我還納悶那個人怎麼可能不來開會。」

「日星的股價恐怕又要下跌。」

「會是什麼情況？離家出走嗎？」

「那樣還好，難道被殺了不成？」

說出駭人聽聞的話的是杉本，我抓住他的肩膀問：

「喂，說清楚一點，葛城先生的女兒到底發生什麼事？」

看到我的反應，杉本有些驚訝。

「幾天前失蹤，之後警方開始進行搜查。」

「搜查？怎樣的搜查？」

「我哪知道啊，其他電視台大概還在報導吧。」杉本一副不耐煩的表情，回到他的座位。

突然，坐在後面的山本驚呼一聲。電視頻道一直在切換，畫面上的播報員跟剛剛的不同。日星汽車副社長的千金行蹤不明，字幕上這樣寫著。

女性播報員的報導和杉本說的差不多。目前得知，葛城勝俊的長女樹理行蹤不明，警視廳和大田警署推測可能捲入某些案件，已展開調查……

某些案件？

這是怎麼回事？爲什麼不明講是綁架？不，重要的是，樹理行蹤不明。她到底做什麼去了？

可是，下一秒更讓我心驚膽顫。電視畫面上出現一張女性的臉，像是快照之類的照片，底下寫著「葛城樹理小姐」。

女性播報員繼續播報案件內容，但我已聽不見她在報導什麼。要是身邊沒有任何人，我一定會對著電視機大吼。光是要壓抑住衝動，知道要付出多大的努力嗎？

電視上的葛城樹理，不是我認識的樹理，而是一個完全陌生的人的臉。

18

雖然有種想喝酒的心情，但我哪裡也沒去便直接回家，怕喝醉會不小心說溜嘴。今天晚上對情緒控制不是那麼有自信。

回到家，拿出波本酒，不加冰塊直接喝。心臟的鼓動仍激烈混亂，這就是所謂的心驚膽顫嗎？如果是的話，大概喝得再多也無法消解。

電視畫面烙印在腦海中，揮之不去。畫面上的葛城樹理到底是誰？爲什麼別人的臉，會以樹理的名字公開出現？

可是，在那之後的幾個新聞節目上，看到的都是同一張臉。要是錯放別人的照片，一定會立刻更正。

換句話說，那就是葛城樹理。

所以，這幾天跟我在一起的女人不是樹理。如果不是她，會是誰？爲什麼要用樹理的名字？

我思索著到底有沒有辦法確認她是不是樹理時，總算想到一點，就是說話的聲音。

爲了掌握警方的行動，我們利用箱崎交流道，透過樹理來控制葛城勝俊的行動，拿贖金的時候也一樣。葛城和樹理說話的時候，似乎沒有任何懷疑，就算聲音只有一點點像，父親也不可能認錯女兒的聲音才對，除非他驚慌失措。但就我看到的葛城勝俊，並沒有失神，即使是拿贖金之前也一樣，鎮定地接受及回覆我的各項指示。

若是如此，電視上公開的照片有誤嗎？葛城勝俊特意用別人的照片來公開，爲何有這個必要？

不對，這樣仍無法解釋得通。看電視的又不是只有我一個人，樹理的朋友也會看到，照片上若是別人，這些看到的朋友一定會馬上打電話到電視台抗議。

「樹理，樹木的樹，理科的理。」

我想起她最初說出名字的情景，她確實是這樣說的，但這就是謊言嗎？謊言也是從那個時候開始的吧。

那麼，她到底是誰？

不曉得倒了多少波本酒到胃裡，可是一點醉意也沒有，只是脈搏速度加快，徒增不安的情緒罷了。

回想和她一起度過的時光，雖然短暫，卻發生許許多多的事情。連惡作劇綁架這種大遊戲都玩起來了，而伙伴眞正的身分，到了今天卻不明不白，究竟是怎麼回事？

不知道、想不透的不只這一點。總覺得眞正的葛城樹理失蹤的時候，就是我遇到假的樹理的那天晚上。真正的樹理不曉得消失到哪裡去，而那天假的樹理離家出走是偶然？還是必然？

腦袋一片混亂，找不到足以解釋箇中原由的答案。

到底喝了多少酒，我也不清楚。恢復意識後，發現我橫躺在沙發上，燈一直亮著，波本酒的空瓶倒在一旁。光線從窗簾外照射進來。我看一下牆上的鐘，跟平常醒來的時間相差不超過十分鐘。在這種狀況下還能醒來，就是所謂的習慣成自然吧。

我慢慢爬起身，頭劇烈抽痛，喉嚨也乾渴得不得了。走到廚房打開冰箱，拿起礦泉水就對著嘴巴猛灌。有點頭暈目眩，整個人靠在冰箱上。

視線停在電磁爐上的大鍋子，想起樹理曾用來煮濃湯。漸漸想起她說的許多事情。哪些事情是真的，哪些是假的？還是，全是假的？現在的我無從判斷。

回到沙發上，打開電視。早上不管是哪一台都是重播的新聞。迷迷糊糊地看著，我總算把案情搞清楚。日星汽車副社長的愛女失蹤，標題後打了一個問號，接著寫的是：還是離家出走？

然後，又出現我沒見過的女人的照片。行蹤不明的葛城樹理小姐，電視上這樣報導著。新聞播報員的報導內容沒有什麼新的消息，也沒有葛城家的人出來說話。對方是電視台的最大贊助廠商，要採訪多少有些顧忌吧。當中似乎也傳達出，無法得到更進一步的情報而感到氣憤的情緒。

說不定，他們對媒體隱瞞了綁架的事實，這種作法多少可以理解。警方也不願意一開始就洩漏贖金已被成功取走的消息。要提及這個部分，恐怕得等抓到犯人吧。但公開搜查的確需要媒體的助力，所以才僅僅公開行蹤不明這一點。

我心想，從電視到各大媒體，今後會怎麼追蹤報導這個案件？媒體不會笨到只是被利用而已，他們應該也會察覺，這不是單純的失蹤。媒體一定會從探索葛城家裡的內情著手，而葛城勝俊的女性關係遲早會一一曝光，樹理並不是現任妻子的女兒，也會成爲眾所皆知的事。這正是八卦新聞的好題材，如何報導才不會觸怒最大的贊助廠商，就看各電視台的功力。

不對——

那個故事是否可信？畢竟說故事的人本身就是假冒的，所以才能急中生智，編造出謊言。什麼扭曲的血緣關係，什麼複雜的人際關係……

就在這個時候，一種假設在我的腦海浮現。

19

當天下午，我去了赤坂，坐在面對外堀大道的咖啡店裡。過了兩點十分，看到玻璃門外湯口大介胖胖的身軀，湯口也馬上發現我，輕輕揮著手走過來。

「對不起，讓你久等。」

「不會、不會，臨時把你找出來，我才不好意思。」

湯口在附近的電視台工作，是我大學的學弟，也有一次一起工作的經驗。

他點了咖啡，我也再續一杯咖啡。

互相聊一下近況，我才進入主題。

「對了，剛剛在電話裡拜託你的事，有什麼眉目嗎？」

一問他就皺起眉頭說：

「我們內部也做了許多調查，只是葛城家和警方口風都很緊，怎麼查都查不出個所以然。」

「但並非所有消息都上了電視新聞吧？現在應該有一些尚未公開的內容，不是嗎？」

我向湯口打聽葛城樹理失蹤的事。我跟湯口如此說明：我們公司最大的客戶日星汽車的副社長家裡出狀況，希望能早些搜集到相關情報，而湯口毫不起疑。

「新聞組的高層可能有聽說些什麼，可是沒傳到我們底下的人員這裡。那……基本資料佐久間先生應該掌握得很清楚了吧？」湯口拿出記事本。

「大概而已。不過，希望你將整個經過再告訴我一遍。」

「沒問題。嗯……首先，樹理小姐失蹤時……」

湯口念出記事本裡的要項，但沒有什麼新的內容，我裝成很有興趣地繼續聽著。

「關於綁架這條線索呢？有嗎？」

「還不明確，不過我想大概沒有。」湯口頗爲肯定。

「怎麼說？」

「我只在這裡說。」他張望四周，然後靠過來。「記者俱樂部裡的人透露，警視廳負責綁架案的人員並沒有動作。若是綁架案，宣布樹理小姐失蹤時，也就是十天前，就應該有所行動，記者俱樂部的人不可能不知道。雖然現在警方已有動靜，但似乎並未派刑警到葛城家戒備或搜查。」

「失蹤當時，警視廳負責綁架案的人沒有動作？這是眞的嗎？」

「是啊，他們是這麼說的。」

我突然想到什麼了。警視廳沒有動作？沒這種道理！葛城家的女兒被綁架，就算動員最大規模的警力搜查也不為過，守在警視廳的記者不可能沒察覺。

要是湯口說的是事實，只有一個可能。葛城勝俊再三強調並未報警，報警是在贖金被拿走以後的事。而且，是在經過一段時間，樹理仍沒有回家，實在忍無可忍，他才這麼做。這種可能性較高。

為什麼不報警？大概是擔心報警被犯人知道，會危害到樹理的生命安全。

「說來很妙。」湯口繼續道：「依記者透露的消息，葛城先生報警，只是這幾天的事。為什麼不發現女兒失蹤就報警，大家都滿頭問號。」

「葛城先生沒有說明吧？」

湯口突出下唇，搖搖頭：

「要求說明時，他拒絕採訪。『除了已報導的內容之外，沒有多做說明的必要。』他只發表這樣的一般聲明。」

我雙手交抱胸前，暗想：為什麼葛城勝俊完全不借助警方的力量？只考慮付贖金讓女兒回來就好，報警之後再說？

我在心裡否定這個想法，沒有理由這樣做。我不認為葛城勝俊會屈於脅迫。他有玩遊戲的自信，知道如何與犯人攻防，沒理由一開始就舉白旗。

中間一定有鬼，假樹理跟此案大有關聯。

「葛城的家族成員有沒有調查出來？」

「啊，這沒那麼困難，都查出來了。」湯口拿出新的資料，放到我面前。

上面寫著一排名字，葛城勝俊、妻子美子、長女樹理、次女千春。

「原來還有一個女兒。」我看著資料，佯裝不經意地問。

「是的。現在就讀私立高中，是高三吧。」

「高三……喔，是那一所？」

「全名是——」湯口報出校名，是有名的私立女子大學的附屬高中。

只問葛城千春會顯得不自然，我也問了樹理和夫人的一些事，可惜湯口也不怎麼清楚詳情，我知道的可能還比較多。

「長女行蹤不明，夫人和妹妹也不好受吧。」

「聽說妹妹受到很大的刺激，姊姊失蹤後就一直臥病不起。」

「臥病不起？千春小姐？」

「是的。有些媒體打聽到葛城家的一些隱私和內幕，便衝到千春小姐的學校，但千春小姐早已請了病假，而且是十天前開始請的。不全是爲了躲媒體，眞的是身體不舒服的樣子。」

我努力不在湯口面前顯得神情有異，只覺得喉嚨很乾，一口喝光杯子裡的水。

「這個……可以給我嗎？」我伸手去拿資料。

「請拿去。這對佐久間先生也有很大的影響吧，在日星汽車新車發表活動前發生這種事。」

「是有半路被打斷的感覺啦。」我沒解釋已被排除在這個企畫之外，也沒有解釋的必要。

客氣地爲百忙中麻煩他致謝，我娶過帳單站起來。走出咖啡店後，我攔一輛計程車，報上公司的地址。車子發動時，拿出剛剛湯口給我的資料，看著忽然改變了心意。

「司機先生，不好意思，我想改去另一個地方，麻煩往目黑方向走。」

「目黑？靠近目黑的哪裡？」

我告訴他女子高中的校名，司機似乎知道。

不用提，這所女子高中，是葛城千春就讀的學校。

我在看得見學校的數十公尺前下了計程車。放學的時間已過，只有三三兩兩的學生走出校門。

前面有家小書店，我假裝在看雜誌，順便觀察物色一下適當的女學生。這是一所外界公認的富家千金的學校，她們也染頭髮，模仿有名藝人的化妝，和一般高中女生沒什麼兩樣，恐怕校規鬆綁了許多。

學生少了些之後，兩個女孩走過來，她們都染成咖啡色頭髮，想必走在熱鬧的地方，平均一小時就會被搭訕一次吧，長得挺不賴。她們大概對於外表也很有自信。我下了決定，走近她們。

「抱歉，打擾一下。」

我笑笑地跟她們打招呼，兩個人同時停下腳步，露出驚訝的表情。

「我不是什麼奇怪的人，事實上是做這樣的工作。」

我拿出的名片，是和湯口不同電視台的人員的。面對高中女生，這是最佳的武器。

跟我預期的一樣，兩人同時露出好奇與期待的表情。

「原諒我有點失禮，不曉得你們現在就讀幾年級？」

「高三。」

猜中了，我在心裡暗笑。

「現在有時間嗎？想請教兩位一些事情。」

「嗯……什麼事情？」果然是左邊的這位開口。

「高三有個叫葛城千春的同學吧？她的姊姊行蹤不明，兩位知道嗎？」

「哦，知道啊。學校裡大家都在談論。」

「葛城同學請假，是眞的嗎？」

我一問，右邊的女孩馬上跟另一個女孩耳語一番，兩人的表情，和最初的時候有很大的不同，起了戒心。

「我們和她不同班。」左邊的女孩說完，把名片還給我。「我們被警告不能對外說些有的沒的。」

「啊……那方便告訴我，葛城同學是三年幾班嗎？」

但兩人只是揮揮手，匆促地從我面前走過。

之後又找了三個人，結果都差不多。只問到葛城樹理是三年二班，想再多問，每個人都迅速閃躲。學校方面考慮到媒體會來，緊盯著學生避免她們做出不當的發言。

在這個地方進行訪查，校方知道了也麻煩，但我就是想搞清楚一些疑點才甘心。

我把地點轉移到目黑車站。由於是私立學校，大部分學生不可能走路或騎腳踏車上學。看制服就知道是哪所學校。

在便利商店，我一下就看中一個女孩，長得高高的，留著長髮，正在翻閱雜誌。我從旁靠近，打了個招呼。長髮女孩皺著眉瞥我一眼，明顯有所戒備。我想大概無法用剛剛的方式，便放棄搭訕的手段。

「我是追查日星汽車副社長女兒失蹤案件的人，可以問妳一些話嗎？」我單刀直入地低聲問。

長髮女孩的表情馬上起了變化，但沒什麼戒心，相反地，還露出關心的眼神。

「關於這件事，知道些什麼了嗎？」她反問。

「不，還沒有什麼進度……警方也不願把消息放出來。」

「是喔……」她垂下目光。

「妳和千春同學是……」

「同班同學。」

我大大點頭，好運來了，總算達到目的。

「要不要找個安靜點的地方談談？五分鐘或十分鐘都可以。對了，我是做這一行的。」

我給她看了名片。

「是電視台的人啊。不過，我可能說不出什麼特別的事。」

「沒關係，只要跟我說說有關千春同學的事就好。」

她看一下手機，像在確認時間，接著闔上手機，點點頭回答：「三十分鐘左右應該可以。」

謝謝，我向她致意。

便利商店旁有家速食店，我們走進店裡，在二樓窗邊坐下。長髮女孩買了優格冰淇淋，我則是一杯咖啡。

依她所說，千春開始請假的時間，果眞和我遇到樹理離家出走同時。她請的是病假，卻沒說明到底是生什麼病。

「班導只透露身體不好，要休息一段時間。不過，老師大概也不知道是什麼病吧。後來去教師室問，也是歪著頭說不太清楚，我想應該不是演戲。」

「老師跟葛城同學的家人談過嗎？」

「或許有，但對方不會告訴老師吧。畢竟，事實上是姊姊失蹤，受到重大刺激才臥病，不是嗎？這樣的事情她父母想必很難說出口。而且，在她姊姊失蹤的時候，好像還有所隱瞞。」

女孩拿湯匙刮著優格冰淇淋，邊吃邊說。粉紅色的舌尖在雙唇間進進出出，舔著冰淇淋。

「妳和千春親近嗎？」

「基本上算是親近，去她家玩過幾次。」

「那見過樹理嗎？」

「沒有。千春有個姊姊，我是在這次的案件中才知道。她根本沒提過，問了其他的朋友，才知道大家都一樣。這不是挺奇怪的嗎？一聽到她姊姊行蹤不明，我怎麼都想不通。不過，她會因此受到刺激而臥病，一定是對她很重要的姊姊吧。」

對於這些我沒有任何意見。我自有解釋，但沒必要告訴她。

「從千春請假到現在，妳見過她嗎？」

「沒有。打了電話，想去探望她一下，卻被伯母拒絕了。」

「拒絕？她怎麼說？」

「千春不在家，被送去很遠的療養所靜養。就算來家裡，也見不到千春。」

「療養所……妳有問是哪一家嗎？」

她含著湯匙，搖搖頭：

「沒問。感覺上不太希望別人去探望，滿掃興的。」

我點點頭，可以理解她的心情。

「對了，妳有沒有帶千春的照片？」

「千春的照片啊，現在沒帶，回到家應該有吧。」

「妳家在哪裡？我送妳回去，方便讓我看看照片嗎？」

她懷疑地看了我一眼，皺著眉說：

「這種東西，隨便給別人看妥當嗎？」

「看看就好，不會跟妳借，當場就還妳。」

「那爲什麼你會想看？千春和她姊姊失蹤的案子有沒有關係？」

她倒是挺敏銳的，並未對我卸下心防。

「我想，總有機會見到千春。見到她之前，確認一下長相比較好。連長什麼樣子都不知道，要找也沒辦法找啊。」

沒什麼說服力，但長髮女孩似乎領會，點點頭說「稍等一下」，然後拿出手機。

「妳要做什麼？」

「等一下。」

她開始打簡訊，我喝著難喝的咖啡。

打完簡訊，她抬起頭，看著我說：

「千春的姊姊眞的被綁架了嗎？」

我差點嗆到，「是誰說的？」

「大家私底下都在討論啊，說事實上是綁架。」

「謠言是從哪裡來的？」

「不知道。不知不覺話就這樣傳出來了。喂，是眞的嗎？」

「警方並沒有這樣發布，至少我沒有聽說。」

「是不是那個叫什麼的協定？」

「啊，報導協定。不過，應該不是這樣吧。說不定，更高層的人知道些什麼。」

「若眞是綁架，經過十天還沒回來，那……」說到這裡，她頭低了下去。「算了，要是說出來，變成眞的未免太可怕。」

她想說什麼，我馬上就知道。這也是希望實際上不會發生的事情。

她的手機響起。

「啊，這麼快就來了。」

「什麼？」

「千春的照片啊。我剛才發簡訊請朋友傳過來，那個朋友有掃瞄機。」

「噢……」眞的頗令人驚訝。靈活運用網路，說不定這些高中女生比差勁的營業員還厲害。

「這樣可以吧？」她把手機螢幕轉向我。小小幾吋的手機螢幕，顯示出一個笑容滿面的女孩。

雖然和預期的一樣，但衝擊仍不小。儘管心裡想否認自己的一些假設，可是畫面說明了一切。

顯示在上面的，是樹理的臉，也就是前幾天和我在一起，合作綁架遊戲的女孩。

回到公司，我根本沒辦法做事，實在不是工作的時候。光是整理腦中的思緒就應付不來了。

我的推論是對的。出現在我面前的，不是樹理，而是妹妹千春。是千春離家出走！

我不明瞭的部分也由此擴展。爲什麼她要用樹理的名字？只是一時興起？這樣的話，在遊戲開始前，應該不會說眞話。

葛城勝俊也一樣，葛城家的表現有許多疑點。當初他們收到威脅信，就知道被綁架的不是樹理而是千春，卻將錯就錯，不指出犯人的失誤。犯人把姊妹弄錯，但女兒被綁架的事實沒變，所以沒必要指正，以免激怒犯人，他們應該是這麼考慮的。

只有一點可以確定，假的樹理，也就是千春已回到家，並不是行蹤不明，但對外宣稱是在療養所，或移到其他地方，至少是在葛城家的保護之下。

沒有消息的，是眞正的樹理。這個樹理我從未見過面。

葛城樹理消失到哪裡去了？

長髮女孩不吉祥的話語在腦中浮現，我搖搖頭，就算是也和我沒關係，跟我有關係的是千春！

又過了十天，我的心情並沒有比較平靜。報紙或新聞，葛城樹理失蹤的案件似乎都毫無進展。老實說，眞希望什麼都沒有發生，讓一切過去就好。要是可以，很想闖入葛城家，叫他們找千春出來見個面，然後抓起葛城勝俊的衣領，責問他到底在想些什麼。

持續睡眠不足，這天早上，我賴在棉被裡，已是非起床不可的時間，但腦袋沉重，想編個理由向公司請假。

在這種情況下，我被電話聲吵醒，而且像奪命鈴聲般響個不停，只好爬著下床拿起電話：

「嗨……喂……」

「佐久間嗎？是我，小塚。」

「哦，怎麼啦？」

「聽你的聲音應該還在睡，所以沒看到電視吧？快打開來看！掌握到任何事態就給我電話。」他說了這些便掛斷。

我抓著頭打開電視。晨間新聞節目中，男播報員正在報些什麼。樹理！聽到這個名字，我睡意全消，連忙把音量轉大。

「今天凌晨，在橫須賀市發現一具年輕女性的屍體。經過指紋等核對，證明有可能是日星汽車副社長的長女葛城樹理。樹理小姐大約在二十天前失蹤——」

20

葛城樹理的守靈夜，在距離葛城大宅十五分鐘車程的寺院舉行。我們公司賽博企畫也派人幫忙及上香，我是其中之一。接待訪客和招待VIP等主要的工作，當然是由日星汽車的人員處理，我們負責守在街角指引道路。

日星汽車副社長千金的喪禮，弔客擠滿整座寺院。儘管上香的隊伍已排成五列，人還是多到得排到大馬路上。守靈夜之後是明天的出殯儀式，今晚的這種景象，讓明天要來幫忙的人竊竊私語，不禁擔心明天的狀況。

弔唁告一段落，我們在休憩室歇息。那裡準備了壽司和啤酒，但這種時候也不能大口大口地吃，小塚下令每個人先來一杯啤酒。

「葛城先生果然整個人都消沉下來。」杉本小聲地說：「上香的時候，我偷看了一下，第一次見葛城先生那麼沮喪。我一直覺得他總是充滿自信，胸有成竹。」

「這是當然的。再怎麼說，是女兒過世啊，」同事回答。「況且，又不是普通的死法。」

「我想，他早有心理準備，可是一旦成爲事實，還是受到不小的衝擊吧。」

「當然。老實說，我也在想是不是已遇害，但實際看到新聞仍嚇一跳。」

「犯人會是怎樣的人啊？」

「不知道。會不會曉得她是日星汽車副社長的女兒，所以把她殺了？」

「我告訴你們，還沒有任何詳細的報告出來。」杉本回頭張望四周，然後摀著嘴說：

「被殺的樹理小姐，不是現任太太的小孩。」

「喔，這個我也聽說了。」

「而且，也不是前任太太的小孩。」

「咦，那會是誰的小孩？」

「情婦的小孩啦，好像是領養過來的。」

「嘿……不愧是葛城先生……」

「不曉得是不是這個原因，現任太太的精神看起來比葛城先生好多了。這種麻煩的拖油瓶死了，搞不好鬆一口氣。」

杉本的話引得同事暗暗地笑了，這種情形不巧被小塚目睹。

「廢話不要多說，這裡不是只有我們自己人而已。」

埃罵了，杉本他們聳聳肩。

對於他們多少知道樹理出身的祕密，我有點詫異。我以爲這是葛城家的最高機密。電視上的八卦節目完全沒談論到這一點，不能惹惱大贊助廠商的這種力學，總之還是有用的。杉本他們得到的情報，應該是從某處洩漏出來的吧。看來，一旦演變成殺人案件，就算葛城勝俊有天大的本領，也沒辦法一手遮天。

然而，我最在意的是杉本最後一句話。確實，樹理的死，恐怕會讓葛城家複雜的人際關係重新洗牌，只是不清楚葛城家族是怎麼看待這件事情。

假的樹理——葛城千春的身影，並未出現在守靈夜上。喪家沒有任何說明，至於對親朋好友的說法，大概就是受到打擊身體不適吧。連學校都請假了，也不算沒有說服力。

但我冷眼旁觀，很清楚地知道，千春沒出現是另有隱情。換句話說，她不想在我面前出現。她害怕我會吐出什麼話。

葛城勝俊，不，葛城家一定有所隱瞞，而且是有企圖的。這一點毋庸置疑。

葛城樹理的屍體，在三浦半島的山丘上找到。附近居民發現屍體埋在土裡，雖然已開始腐化，但從指紋和牙齒的比對，證明就是失蹤的樹理。

新聞報導是這樣寫的，葛城樹理的心臟有銳器刺入的痕跡，由傷口大量出血的事實來推測，恐怕是殺人案件。有一部分衣物被脫下，沒找到任何隨身物品。

發現屍體的地點，我沒辦法不介意。樹理，不，是千春引誘我去的那個地方，那個可以清楚看到星星的地方。雖然新聞報導沒有詳細說明位置，但我想沒有別的地方了吧。

這樣的話，爲什麼樹理的屍體會出現在那個地方？爲什麼千春會希望我跟她去那裡？一口氣喝完罐裡剩餘的啤酒，我感覺有人在附近，往對角的方向望去，葛城勝俊就站在入口。他一直注視著這邊。

我回望時，他的眼神閃躲了一下，然後走進來。屋內的人注意到他，紛紛端正姿勢。

「啊，各位不用動，請放輕鬆。」葛城勝俊一面用手勢勸阻大家，一面環顧屋內，接著鞠了個躬。「這一陣子爲了我女兒的事，很感謝大家的幫忙。在工作最繁忙的時候還給大家帶來這麼多麻煩，衷心地跟大家說聲抱歉。警方表示會全力逮捕犯人，我相信那一天很快就會到來。只是，再怎麼說，都是葛城家的私事，日星汽車和相關業務絕對不會因此產生任何阻礙。懇請各位不要介意，按照原定行程，執行各種計畫。我會盡早回到工作崗位。今天眞的謝謝各位的協助。」

我和大家一樣回禮，一邊琢磨著剛才葛城的眼神。他看著這裡，不對，他一定是看著我沒錯。

晚上，我打開電腦上網，看到新聞快報，不禁嚇一跳。

我顫抖著在「葛城樹理小姐，果眞是遭到綁架！」的標題上點兩下。

「日前遺體被發現的日星汽車副社長葛城勝俊的長女樹理小姐，由警方公開表示，事實上是遭人綁架。樹理小姐失蹤不久，犯人隨即與她接觸。勝俊先生爲了樹理小姐的生命安全，並未立即報警。交付贖金後，雖然警方馬上展開搜索，但怕危及樹理小姐，選擇不公開此案——」

我在電腦畫面前呆愣了一段時間，葛城勝俊果眞沒有報警。我精心策畫拿取贖金，和牽制警察的行動，可說全部白費心機。

爲什麼葛城勝俊不報警？爲了女兒的安全？這種說法完全不可信！樹理與千春交換身分、樹理被殺害，這些都有關聯。

守靈夜上葛城看著我的眼神，像燒焊在我的眼瞼上一樣，揮之不去。

這個男人知道我就是綁架犯。那是當然的，恐怕他已從千春那裡聽到所有的事情。他要的到底是什麼？

隔天，有關綁架的報導更爲詳細了。包括在CPT車迷俱樂部公布欄上的交易、首都高速公路上取走贖金，警方開始公布我做的所有事情。被我利用的日星汽車向島經銷商的店長等人，接受各個電視台節目的訪問。葛城樹理遭綁架撕票的案件，成爲街頭巷尾最熱門的話題。

「說眞的，這犯人眞是厲害。」看著體育報紙報導的同事，在標題上用手指彈了一下。

「三億圓！在現今這種世道，實在是一大筆錢。偷偷摸摸打幾通電話便完美地占爲己有，簡直是聰明過人。」

「才不是呢，純粹是運氣好。」坐在我旁邊的男同事回答：「假如警方出動，不知道還會那麼順利嗎？警方不也說，要是事前報警，情況就會改變。」

「警方當然會這樣說嘍。要是他們出動，贖金卻在監視過程中被取走，就一句都不會吭啦。不過，警方搞不好心裡想的是：還好沒事先報警。假如事先報了警，贖金卻在嚴密的監控下被搶走，警方不就糗大了？就這一點而言，正因事情已結束，可以說犯人是用什麼手段搶錢，警方也不會丟臉。加上人質被殺，不用多費心，直接就能展開搜查。」

「喂，聲音太大了。」

他們對看一眼，笑了一笑。

我拿起身邊的電話，看一下手機上登錄的號碼，直接打到對方的辦公室。「這裡是社會部」，我認得這個聲音。

「喂，我是佐久間。」

「啊，佐久間先生。是我啦，湯口。之前謝謝你請客。」

「之前說的事，有進一步的消息嗎？」

「是指葛城樹理的案子？」他忽然壓低語調：「變成了大案子！發現屍體的時間，不就在我和佐久間先生見面之後嗎？哎，遇害也是預料中的事。我們部門負責採訪這個案子的人，最近都徹夜一路追查。」

「有沒有所謂的成果呢？」

「這個嘛……怎麼說，葛城家的口風很緊，除了報導過的內容之外，應該沒有掌握到新的情報吧。我等一下再問問。」

「萬事拜託。對了，不好意思，可能有點急，今天晚上方便碰個面嗎？」

「還眞是急呢！」

「我最近會見到葛城先生，希望能早點有些情報。」

「知道了，我盡力。在之前的咖啡店可以吧？七點左右我應該走得開。」

「好，就七點見。」

我放下電話，回頭看了一下。現在打的這通電話，會不會要了自己的命？有沒有多說一些不該說的話？別人會不會覺得不自然？

我搖搖頭，如今才在意也沒什麼用。

我思索著怎麼打發到七點之間的空檔，應該沒有什麼工作需要處理。

來到咖啡店，湯口已坐在窗邊的位置等候。看見我，他輕舉一下手。

「你那麼忙，眞不好意思。」

「不會，佐久間先生你更忙吧。」

點了一杯冰咖啡，我傾身向前：「嗯，之前提到的事呢？」

「我知道，剛才先問了一下我們公司目前掌握到的消息。只是，現在說的話我希望你不要錄音，我們不希望被日星汽車和警方盯上。」

「我明白。湯口，我會讓你不好做人嗎？」

「我當然是相信佐久間先生。」湯口拿出小筆記本，「開門見山地說，警方到目前爲止還沒找到嫌犯。好像是從樹理小姐的交往關係切入，但找不到可疑的人。」

「警方認爲是熟人犯案嗎？」

「被綁架的不是小女孩，而是成人女性，很難讓人認爲是不認識的人耍出的手段。當然，不排除強行綁架的可能性，那就表示犯人在下手前已決定目標。不管怎麼說，應該是和樹理小姐或葛城家有關係的人下的手吧。」

「但這是超級大企業葛城家，可能是看上贖金，只要是有錢人家的女兒，不管是誰都行吧？」

「當然也有可能，但警方認爲機率比較低。」

「爲什麼？」

「這個啊……」湯口張望四周說：「人質被殺了呀！假如犯人和葛城家沒有任何關係，只要樹理小姐不記得對方長什麼樣子，拿到贖金後把人放走不就好了？結果卻不是這樣，犯人根本不打算放過樹理小姐。」

他的意思我了解。從樹理的屍體來看，至少死亡超過兩個星期。換句話說，她失蹤沒多久就死亡。

「果眞是很殘忍的手段。不單是看上錢，或許有極深的仇恨，搜查也朝這個方向進行。」

「仇恨……嗯……」

我的心情十分複雜。確實，我對葛城勝俊有些仇恨，爲了消解仇恨才設計這場遊戲。但這是由於名叫千春的野馬，偶然闖進我的世界，才促使我想出這場遊戲。況且，我沒有殺害葛城樹理，連見都沒見過她。

「警方有掌握到任何線索嗎？」

「聽說有好幾個。爲了交付贖金，葛城先生和犯人用電話交談過幾次，他們有當時的錄音帶。」

「錄音帶？他有錄音？」

「好像是這樣。那時候還沒報警，打算等樹理小姐平安回來後馬上報案，有助於搜查的證據，能做的就先盡力蒐集。」

這個男人是會做這些事的，但究竟爲什麼不報警？這個問題本身才眞是匪夷所思。

「還有哪些證據嗎？」

「關於這點，警方不可能全部告訴我們……啊，對了！」湯口看著筆記，一手掩住嘴巴說：「樹理小姐的那個部分並不是沒事。」

「哪個部分？」

「反正被殺了，介意這種事也沒用，就是貞操啦。」

「啊……」我張口說不出半句話。

「這件事被壓著，沒報導出去，因爲留下對警方有力的證據。首先是男性的陰毛，然後……」湯口又壓低話聲：「精液。有一點殘留，不過發現的時候已是乾的。」

我發覺自己的脈搏加速，竭力避免露出狼狽的樣子。

「其他的證據呢？」我有些浮躁。

「還有一些，但沒有公開。要是知道任何消息，馬上跟你聯絡。」

「不好意思，麻煩你了。」

我大口喝下冰咖啡，調整呼吸說：

「爲什麼要選在橫須賀？」

「嗯？」

「屍體埋在橫須賀的理由呀！爲什麼犯人要將屍體埋在那裡？對於這一點，警方有沒有任何解釋？譬如，犯人藏匿的地點是在橫須賀之類的。」

「關於這一點，沒有聽說任何消息。不過，謠傳警方正大舉在橫須賀進行地毯式的調查。」

「地毯式的調查？」

「很簡單，就是拿著樹理小姐的照片，訪查有沒有人見過她。警方認爲，犯人並不是爲了掩埋屍體才到橫須賀，而是殺害現場就在橫須賀。所以，他們在找看到樹理小姐的人。那裡應該有人看過她。」

「他們怎會這麼認爲？」

「這個嘛……我就不知道啦。」湯口雙手一攤，搖搖頭。

跟他道別後，我直接回家。簡單吃過晚飯，在電腦前坐下。但啓動電腦後，我頓時無法動彈。

到目前爲止，各種線索像是散落的拼圖一樣，在我的腦海中一塊塊地拼湊起來。雖然不完全的部分還很多，但大致上輪廓已出來。

汗水從太陽穴流下，可說是冷汗吧。天氣異常濕熱，我卻全身起雞皮疙瘩。

完成想像中的拼圖，我有一種無法形容的焦躁感。怎麼可能會是這樣？再次打散拼圖，用別的形式拼湊，反反覆覆重組幾次，呈現的圖像都是一樣的。我的推測恐怕沒錯。

我嘆一口氣，慢慢敲打鍵盤。我在心裡祈禱，希望我的推測是錯誤的。但光祈禱又有什麼用？現在只能做自己能做到的事而已。

忽然想到一件事，我從椅子上站起。走到寢室，靠近掛在衣架上的外套上衣，把手伸進口袋，拿出裡面的東西，說不定這會成爲我的救命寶物。

再回到電腦前面，繼續剛才的動作。

目的是完成一封電子信件。我思索片刻，打出下面的文章。

葛城勝俊先生：

有件極爲重要的事情，至急！懇請聯絡。這件事您也知道，聯絡方法就不用再問。這邊的眞實身分您也知道，所以沒必要再報上名字。直接打電話聯絡無妨，但請不要引起搜查當局的注意。若是曝光，雙方都不會有好處，想必您能理解。

我這裡複雜的狀況，希望能透過交易，獲得圓滿的解決方式。一、兩天內沒有任何聯絡，我會直接出現在您面前。

照顧過葛城千春的人　敬上

雖然不能說是一篇好文章，但也沒辦法咬文嚼字了。我反覆讀了幾遍，寄到聯繫過數次的電子信箱，心跳一直很快。

隔天早上，我一直無法鎮定下來。不知道什麼時候會有電話打進來，上廁所帶著無線話機，上班隨時注意手機鈴聲，我也想到可能直接打來公司，所以盡量不離開座位，並且頻頻檢查電子信箱。連ＣＰＴ車迷俱樂部的網站都不時上去瞧一瞧。

但葛城勝俊並無聯絡。我甚至猜測，說不定葛城勝俊沒察覺我的眞正身分。但怎麼想，都覺得沒有這樣的道理。

煩悶地度過一天後，我回到家，不禁覺得發出那封電子信件是個錯誤。

拿鑰匙打開門，進到屋子裡。有一種想把整個人拋進沙發的感覺，在這之前先查看電話答錄機，但沒有半個留言。

我大大地嘆一口氣，坐進沙發裡。然後，就在打開電視的時候……

寢室的門開了，樹理走出來。

21

樹理……我輕聲說出口，又搖搖頭：

「千春小姐，應該這樣稱呼吧？好久不見，眞是高興。」

「把電視關掉。」她坐進單人沙發。

我拿起搖控器，關掉電視。屋子裡靜悄悄，一段時間後，我開始有點窒息的感覺。樹理，不對，千春的表情也顯得很僵硬，而且她並不正面看著我。

「你寄給爸爸一封電子信件，是吧？」

「我一直在等他回應，沒想到妳居然會來。」我疑惑地問：「妳怎麼進來的？」

她從小包包裡拿出鑰匙。看得出是我家的鑰匙。

「業者宣稱這種鑰匙沒辦法複製。」

「才不是複製的，是你借給我的備份鑰匙。」

我伸手拉開桌子下的抽屜，看著放備份鑰匙的角落說：

「備份鑰匙在這裡啊。」

千春笑了一下，「那是假的。」

「假的？」

我把抽屜裡的鑰匙拿出來，跟自己的鑰匙比對。雖然廠牌和形狀相同，仔細一看，凸起的模樣有些微差異。

「妳偷換的吧？」

「相同廠牌的鑰匙到處都有嘛。」

「什麼時候拿到的？」

「爸爸拿到附近給我的。」

「是爸爸喔……」我嘆一口氣，全身充滿無力感。「從頭到尾你們都是串通好的吧？」

「從頭到尾？你說錯了吧？難道綁架遊戲不是你想出來的？」

「那麼，妳只是利用這場遊戲？」

「順水推舟罷了，這是我絕處逢生的最後機會。」

「絕處？」我勉強擠出笑容，事實上已沒有多餘的力氣。「要不要來猜猜妳的絕處是什麼？」

千春的目光像箭一樣射過來。她的表情不難想像，恐怕做那件事時的眼神也是如此。

我一面回敬她的眼神，一面說：「是妳殺了樹理吧？」

千春一點也沒有狼狽的樣子，大概預料到我的答案是什麼了。他們父女從我傳送的信件裡，知道我已看穿眞相。

「我可不是故意要殺她。」她語氣輕佻，像給他人帶來麻煩時，隨意找個藉口來搪塞。

「我知道。不是計畫好，是一時衝動？或是，沒想到要下手，樹理卻死了？是哪種情況？不然……」我舔一下嘴唇，「妳不會在那天晚上，從那座大宅逃出來吧？」

「眞是厲害。」千春舉起雙手，打了個大呵欠。「啊啊，神清氣爽！好想早點向你挑明。在這裡假裝成樹理，一直想講卻不能講，悶得心裡直發慌，很想看到你嚇一跳。」

「妳說的那些話，大概是眞的吧？」

「哪些話？」

「關於離家出走的理由啊，因爲保養面霜和千春吵架。恐怕吵架是事實，不同的是之後的發展。怒氣沖天的千春，下手刺殺平常就很討厭的樹理——是吧？」

千春嘔氣地別過臉，我才注意到她的鼻子和葛城勝俊很像。照片上的樹理，鼻子更高，形狀也比較美。

「用什麼刺殺？」

「剪刀。」

「剪刀？」

她輕輕撩起後面的頭髮說：

「我可是非常會剪頭髮。偶爾會幫朋友剪剪造型之類，還特別拜託美髮師朋友送我一把剪刀。」

「原來如此，那把剪刀就放在浴室裡。她擅自用妳的保養面霜，於是你們發生口角，然後妳順手拿起剪刀刺下去，對吧？」

「那個面霜……」千春望著遠處，「是我和媽媽去法國的時候買的，日本沒賣。我呢，十分省著用，那個女人卻沒經過我的允許——」她轉過來看著我說：「先出手的是那個女的，她賞了我一個耳光。」

「可是，防衛過當是事實。然後，妳開始害怕，所以逃跑出來？」

千春瞪我一眼，站起來說：

「我口渴了，能喝些什麼嗎？」

請便。在我回答前，她已走進廚房。從廚房出來時，她拿著一支慕斯卡白酒（Muscadet Sur-Lie）。很爽口，適合搭配前菜。

「可以喝嗎？」

「請隨意。」

「你也要喝吧？」

我什麼都還沒回答，她已把兩個酒杯放在桌子上，然後遞來旋轉式開瓶器和白酒。

「妳逃跑出來，有什麼打算？那時候妳在找住的地方吧？」

「別廢話，集中精神開酒。」

我拔出酒瓶的軟木塞，把酒倒進兩個杯子裡。做個乾杯的樣子，我喝了一口酒。順暢的酸味，是慕斯卡島上那種新鮮採擷葡萄的特殊香味。

「還沒決定。」

「妳說什麼？」

「我是說，當時還沒決定接下來該怎麼辦，只是不想待在那個家裡。一定會引起大騷動，我殺了她的事，也一定會馬上曝光。一想到會有各式各樣的人，來問各式各樣的問題，我煩都煩死了。而且，我期待爸媽在知道我是凶手後，會想辦法幫我。等所有麻煩解決後，我再回家。」

「妳認爲他們會幫忙偷偷處理掉屍體，讓妳不會被當成殺人犯逮捕，替你想盡各種方法解決？」我一口氣喝光杯子裡的酒，再倒一杯。「妳眞是自私！」

「不用強調我也知道。再怎麼樣，爸爸也不可能隱瞞殺人的事情——我可是這樣想的。所以剛剛我才說，這是窮途末路。」

「就在這個時候，我出現啦。」

「不是我拜託你出現，是你自己靠過來。」

她這樣說，我無話可答。我一心想抓住葛城勝俊的弱點，主動接近她也是事實。

「那妳跟著我，又是怎麼打算的？利用這個人——妳這麼想過？」

她拿著酒杯搖搖頭：

「坦白講，那時候隨便怎樣都好，包括你在內。我腦袋裡光是自己的事就快爆炸了，反正必須先找住的地方，就是不想回家。換句話說，那時候我沒有別的選擇。」

「原來如此，可以理解。」我又喝了口酒，「爲什麼用樹理的名字騙我？」

「理由很簡單，只是不想用葛城千春的名字而已。不想讓陌生的男人知道葛城千春詭異地在路上晃來晃去，才一時情急撒了個謊。」

「一時情急撒了個謊之後，在描述自己的事情時，卻很確實地把自己和樹理的身分對換。妳還眞是個厲害角色。」

「你不過是在挖苦我吧，謝謝。」

「然後呢？」我把酒杯放在桌上。「這次的事是什麼時候計畫的？當然是在我提出綁架遊戲的想法之後，但不可能我一提妳就想到了吧？」

「雖然不是你一提就想到，」她拿起酒瓶，要倒酒到我的杯子裡。我伸手制止，自行倒滿。

「倒酒可是男人的工作。」

「聽你提到遊戲，忽然有個靈感閃過：這個人認爲我是樹理，而且打算要綁架樹理，或許能好好利用這種狀況。我覺得應該可行，於是先答應配合你的計畫。」

「我述說計畫時，妳漸漸確信這種狀況是可以利用的？」

「什麼時候確信的啊……」千春笑了一下，「是我被爸爸稱讚的時候。」

「被你爸爸稱讚的時候？」

「從你這裡聽到綁架遊戲的提議，我想都沒想，馬上打電話給爸爸。我對樹理的事也是在意的。」

「意思是，一開始你們就說好？嗯，應該是這樣吧。葛城先生恐怕也挺急的，女兒被殺，而且凶手是另一個女兒。這也是沒報警的原因。」

「爸爸自有想法。其實，那時候他也在想辦法隱瞞這個案子。我打電話給他，他似乎很擔心我跑去自殺，聽到我的聲音，他鬆了一口氣。我殺了樹理，他沒有罵我，只說一定會想辦法，叫我先回家。然後，我才告訴他，你提到的綁架遊戲。」

「於是，他就稱讚你妳了？」

「直覺啦，對於我認爲可以利用你的計畫的這件事。照爸爸的說法，從在這種決勝的關頭有沒有直覺和決斷力來看，就能分辨出會成功的人，和不會成功的人。」

的確很像葛城勝俊會說的話，我點點頭說：

「那葛城先生給了妳什麼指示？」

「先按你的話去做，再通知他細節。方針確定了，由爸爸通知我。」

「他通知妳？怎麼通知？」

「打手機給我呀。」她說得好像沒事一樣。

「手機？妳不是沒有帶出來？」

「當然有帶。那麼重要的東西，怎麼可能會忘記帶？」千春彷彿在嘲笑我。「只是和你在一起時關掉電源。」

「被擺了一道。」我搖搖頭，「用手機告訴妳各種指示，去橫須賀也是他的主意吧。可是，叫由紀的朋友並不存在，對不對？」

「她是中學的朋友，只是最近完全沒聯絡。」

「一直要我去橫須賀，也是打算把樹理的屍體埋在那座山丘上吧。然而，只是讓我去橫須賀是行不通的，考慮之後的事情，爲了讓我在橫須賀留下物證，你們設下一些圈套。」

「是啊，各式各樣。」千春蹺著腳，翻翻白眼。「設了哪些圈套，你知道嗎？」

「在餐廳等妳的時候，我的車被噴了油漆，店裡的人或許就記得我的長相。MR－S這種少見的車，也會留下印象。假設警方拿著我的照片到處詢問，店員可能會證明見過我。那個惡作劇是葛城先生做的嗎？」

「是我媽媽。」

「妳媽媽？哦，原來共犯還多一個人。」

「你有留下其他的物證。」

「我知道。不過，我有點不能理解。」我看著她的眼睛，接著移向她蹺起的雙腳說：「爲了留下我的物證，所以讓我抱妳。爲了要我的陰毛和精液，所以……我沒想到父母會要妳做這種事。」

「爸爸只說希望試著拿到你的毛髮而已。記得橫須賀山丘上的地藏王小石像嗎？爸爸叫我藏在那個地方。不過，光是這樣我覺得不夠完整。爸爸本來也覺得要有你的精液會比較妥當，但不好叫我親自上場，才說有毛髮就好。我明白爸爸的想法，但依我自己的判斷，決定非拿到絕對的物證不可。」

「跟不喜歡的男人做愛也……」

「妳覺得彆扭嗎？」

「不會。」

「我可是喜歡你的。有膽量，腦筋又好，我想和你做愛也未嘗不可。假如你腦筋不好，又是我討厭的男人，我也沒辦法做到。」

「妳是在稱讚我嗎？」

「爸爸也很讚賞你。這次計畫中最重要的就是，你不是笨蛋。如果你是那種做粗糙綁架計畫的男人，可能會一事無成。爸爸不是有一次突然去你們公司嗎？」

「說到這個……」葛城勝俊表示要來看我們公司企畫的電玩遊戲。

「爸爸是爲了看你製作的電玩遊戲，應該是叫《青春面具》吧。親眼看過後，爸爸確信你是可以信賴的。」

我嘆口氣，搖搖頭，不禁笑了出來。

「原來我發神經的時候，才被這個人認可。」

「在賓館你要我打電話的時候，不是也很完美地聽到汽笛聲嗎？他說那是個高超的點子。」

「那也是你們所謂的物證吧。」

不知不覺中，我已跑在葛城勝俊鋪好的軌道上。

「不過，勝負是在這之後才開始。爸爸非常想知道，你打算怎樣取走贖金。但你也不太肯跟我說明，『爸爸沒有報警』這句話到了嘴邊差點就吐了出來。」

「箱崎交流道的假動作，想必把葛城先生搞得焦躁不安了吧。」

「他認爲乾脆一點，把贖金拿走就好了。不過，最後他是佩服你的。他說確實需要確認有沒有警察尾隨。」

「眞的拿走贖金的那一次，他有說些什麼嗎？」

「當然是說很完美啦。那樣幾乎沒有留下任何可斷定犯人的證據，就算有警方的人跟蹤和監視，應該也能順利拿到錢。」

我點點頭。在這種時候，聽起來不是什麼值得高興的話，但至少葛城勝俊不認爲這是笨蛋的計畫。

「之後，妳拿了二億七千萬圓到橫須賀，藏在根本不存在的由紀的住處。實際上，那些錢去哪裡了？」

「在那棟建築物裡。我藏在一個像是置物櫃的地方，然後馬上打電話給爸爸。我們離開後，爸爸馬上把錢拿走。」

「原來如此，就這樣順順利利地綁架葛城樹理，並付了贖金。但我有一個相當大的疑問……嗯，不知道你們是不是已有答案？」

「什麼？」

「你們打算把我怎麼辦？」

千春聳聳肩說：

「這是個很難回答的問題。」

「我想也是。」

「你自己有答案了吧？這樣的話，可不可以說來聽聽？」

「事到如今，或許有些大放厥詞，不過也不管這麼多了。首先，順利隱瞞殺害樹理的事，惡作劇的綁架也算成功。不過，你們還是有煩惱，應該說是擔心的事比較恰當。也就是你們並沒有騙過我的這件事。隨著案子被報導出來，我注意到真相。雖然最糟的狀況就是我去報案，但這一點倒是不用擔心。惡作劇綁架主犯的我，至少不會做這樣的決定，話雖如此，你們也不認為我會保持沉默。另外，萬一出了狀況警方盯上我，你們怕我先去自首，警方不會馬上採信，於是會展開搜查。演變成這樣，一定會引起媒體騷動，想必是葛城家不樂見的。要解決這個問題，幾乎只有一條路。」

說到這裡，我的心臟發出警訊！

突然開始頭痛，然後蔓延到整個腦袋，接著痛的感覺減緩，但同時神經變得遲鈍，意識像被什麼吸走一樣。

我瞪著千春，又看著酒瓶說：

「終於下手了……」

「開始發作了嗎？」她望著我。

「酒裡放了什麼？」

「不知道耶，是爸爸給我的藥。用注射針筒打進預備好的酒瓶裡。」

我朦朧地想著，應該是某種麻醉藥。

「你們一開始就打算殺了我吧？」

「我不知道！我只是遵照爸爸的指示。」

「肯定是打算把我殺了，否則這個計畫不會成功。那個男人不會做那種不完整的計畫。」

我試著站起，但身體不聽指揮，雙腳打結，從沙發滑下。肚子撞到桌角，一點都不痛。

「我只是照著他說的做，之後我可不負責。爸爸會全部料理乾淨。」

千春站了起來。她只是裝出喝酒的樣子。

意識快要消失，眼前模模糊糊。

我絕對不能就這樣沒了意識，要是就這樣斷氣，豈不是讓他們的計畫得逞？就是殺了我，再布置成自殺的情景。動機是承受不了重罪……或是覺悟被逮捕不過是時間的問題，說不定是……

「等一下……」我竭力擠出聲音。「聽我說一下，對妳……比較……好……」

不知道千春在哪裡，也不清楚她有沒有聽到我的聲音，不過我還是將所有力氣集中到喉嚨。

「電腦！我的……汽車公園的……檔案……」

我想要開口，但大腦不聽使喚，發不出聲音。說不定是聽覺受傷，但都一樣了。腦部漸漸被黑暗包圍，像是跌入一個特別深的洞穴裡，我忽然想到……這可能是我最後的知覺。

胸口似乎有重物壓著，呼吸有些困難，感覺做了一場非常可怕的惡夢。臉很熱，相反地身體卻很冷，不，甚至可說是冰冷吧。我流了大量冷汗。

我的眼睛閉著，至少感到安然，總覺得還沒被殺死。睜開眼睛，朦朦朧朧之間，看到一些東西，但昏昏暗暗的。

慢慢地，視力開始恢復，是在熟悉的房間裡，橫躺在沙發上。我想爬起，臉卻歪向一邊。一陣強烈的頭痛和作嘔的感覺襲來，幾乎又要失去意識。

幾次呼吸後，作嘔和頭痛的感覺稍稍退去，我緩緩撐起上半身。耳後傳來「咚咚、咚咚」像是脈搏跳動的聲音。

「你醒過來了。」有人聲，是男人的聲音！

我試著張望四周，但頭連動一下都痛苦得不得了。

視野的一角出現人影，就坐在我對面的椅子上。是葛城勝俊！

我在沙發上坐好，身體仍有些搖搖晃晃。要是對方攻擊我，我完全無法抵抗。葛城勝俊似乎沒有要那麼做，他慢慢蹺起腳，點燃香菸。

他穿著雙排釦西裝，這身裝扮讓我感到安心。要是想殺我，應該會避人耳目，打扮得更低調。

「主角總算出現。」我的聲音有些含糊。「幕後的黑手，這樣說比較適當。」

「謝謝你照顧我女兒。」葛城勝俊語氣十分平靜。

我看了一下周遭，「小姐回去了嗎？」

「她先回去了。時間太晚，我妻子會擔心。」

「聽說夫人也是共犯。」

沒有回答，葛城勝俊銳利的目光投來。

「大致上你都聽我女兒說過了吧。原本我打算親自說明，可是她最後想跟你見上一面。」

「我也覺得再見到她很好啊，雖然不知道是不是最後一次。」

「首先要跟你說的是，辛苦你了。這是一定要說的，不是應酬話。你聽我女兒說了吧，你這次眞的做得太好。說是完美也不爲過，不是嗎？那個拿走贖金的方式眞是創新！還是，你是從推理小說得到的靈感？」

「是我想出來的。」

「是喔，精彩極了。」他慢慢地把香菸的煙吐出來，透過瀰漫的煙霧看著這邊。「但吹毛求疵的部分不是沒有。你在過程中，不是用英語對我發出指示嗎？說不定警方有英語很好的人，這一點我就不能給你打一百分了。」

「我知道葛城先生的法語很強，我也可以說一點。爲什麼不用法語？是不想讓犯人被鎖定。現在的日本，會說英語的有五萬人吧，但會法語的可就不一樣了。說哪一種語言的風險比較大，是我在天秤上估量後得到的結論。」

「原來只是我們的見解不同而已。」我的反駁倒也沒有讓葛城勝俊感到不舒服的樣子。

「你的計謀完美無缺，再加上你女兒的高超演技，在種種限制當中，還能埋下那麼多伏筆，我很欽佩你的所有布局。」

「哪裡，和經營公司比起來根本不算什麼。這次只要騙你一個人，到了企業的頂端，必須去騙無數的人，像是公司的從業人員，還有消費者等等。」他一臉認眞，又吸了一口菸。

「談到這裡，你是不是問了我女兒一個問題？」

「我的問題就是，打算怎樣處理我？」

我一說完，葛城勝俊不屑地笑了一下。他把菸灰彈進菸灰缸裡，交換蹺腳的姿勢，愉快地點了點頭說：

「就算計畫全部順利進行，葛城家還是不能安心，畢竟有一個知道所有祕密的人。佐久間駿介——一定要處理掉這個男人。把這個男的殺了，然後弄成自殺的樣子，讓警方認定他就是殺死葛城樹理的犯人，才算完成計畫。我的藍圖你已推測出來，是吧？」

「不對嗎？」

「不能說完全不對。說完全沒有這樣考慮是撒謊，但佐久間先生，我沒你想的那麼單純，你較眞就有點遺憾了。可是，我明白你的心情，自己建立的完美計畫，卻反被利用而陷入絕境，誰都會不安。所以你考慮到萬一的情況，留下保護措施。你還眞是我預料中的男人。」葛城勝俊看著我後面放電腦的地方，可以聽到散熱風扇的聲響，電腦似乎開著。

「你看了檔案嗎？」

「看了啊！當然。」

失去意識前跟千春說的話，果然沒有白說。

「從女兒那裡聽到你留下檔案的時候，我想大概沒什麼大不了，也就沒理會。頂多是一些描述眞相的條文式資料，等你一死，就會送到警方那裡。不過就是類似這樣的警告罷了。」

「我想，光是這些就足以對你造成威脅。」

「爲什麼？我只要否認，問題就解決啦。假設我們打算殺了你，那些東西也阻止不了。我們只要堅稱，全是嫌犯自殺前捏造的就好。你認爲警察會相信誰？」

我沒有回答，也表示沒有反駁的意思。葛城勝俊露出滿意的笑容，愼重地在菸灰缸裡拈熄香菸。

「可是，你也不是那麼無能。你寫的有關案件眞相的文章，雖然跟我預料的一樣，但還有另一個資料在裡面，這才讓我吃了一驚。應該說，是非常驚訝。」

「算是搏命一擊吧。」我很誠實地說：「那個時候，我想都沒想到會派上用場。」

「這就是所謂的優秀人才。在不知不覺當中，不斷供給自己補強的材料，這不是教了就會。」

我苦笑一下。完全沒想到有一天，這個男人會這樣稱讚我。

「我並不打算殺了你。」葛城勝俊說：「爲什麼？因爲沒有殺你的必要。只要不被警方抓到，你不會吐出眞相吧？而且，不用擔心你會被抓。爲什麼？因爲我們會庇護你。利用被害者的立場，我們可以做出一堆證據，證明你絕對不是嫌犯。當然，條件是需要你完美地貫徹遊戲。但也不用多說，你已做到。」

「既然不需要我眞的成爲嫌犯，爲什麼要那麼花工夫在橫須賀留下我的物證？」

「我們必須抓住你的弱點才行，必須擁有隨時可指控你是嫌犯的證據。和其他的事情比起來，我最想要的就是犯人的物證。我們絕對不能讓別人認爲，這只是一樁惡作劇的綁架。既然要顯示犯人的確存在，就得讓犯人實際行動。」

「那剛才爲什麼要迷昏我？」

葛城勝俊奸笑了一下，似乎就是在等這個問題。

「你心想，我會先把你弄昏，然後殺了你？」

「老實說，我是這樣想的。」

「倒也難怪。所以，你才在最後使盡力氣丟出王牌，而我想看的也就是這個！這是你最後打出的牌。」

我吐出一口氣：

「你想看我手上還有什麼牌？」

「遊戲結束，但還沒分出勝負。我手上的牌已全部亮出來，之後要看的就是你手上的牌。」

葛城勝俊的目光又移向電腦，我也跟著回頭望去。

一張照片顯示在螢幕上，場景一看就知道是在這個房間裡。

當時名叫樹理的千春，正用托盤端著爲我做的早餐。

解說　既晴

我所體驗到的東野圭吾

I

一九八五年，東野圭吾以《放學後》獲得第三十一屆江戶川亂步獎，開始了他將近二十年的推理作家生涯。在這二十年間，日本推理經歷了社會派大行其道、傳統本格萎靡不振，漫至新本格派竄起，進行了十五年來的復興、分歧、重建過程，而今繁花齊開、繽紛燦爛，東野可說是無役不與，從未缺席，完整見證了日本本格推理近二十年來的發展。

江戶川亂步獎，一直是推理作家一鳴驚人的最高龍門，自創辦以來，建立了日本推理的核心作家團隊，佼佼者如仁木悅子、陳舜臣、西村京太郎、森村誠一傑作琳瑯滿目，個個均在文壇上成爲一方之霸，即便角逐首獎未果的候補者，如土屋隆夫、夏樹靜子、齋藤榮、山村美紗、島田莊司等人，也都筆力萬鈞、擁護者眾，比起前述大師不遑多讓。

然而，就在亂步獎評審路線漸漸向寫實化、題材化、影像化靠攏之後，儘管作品仍各顯特出之處，大半獲得肯定的亂步獎作家，卻也出現了續航力不足的窘境。眞正在得獎之後，仍能夠百尺竿頭、更上層樓的作家愈來愈少，少數如栗本薰、眞保裕一、桐野夏生、野澤尙還持續推出新作，而像是石井敏弘、坂本光一則在獲獎之後，如同流星一般，出現不久隨即消失在夜空中。

以此角度觀之，東野圭吾實在是難得可貴，得獎後的作品無論品質、數量、話題性，二十年來未露疲態，一共發表超過五十部推理小說，前後期得獎作家無人能出其右。而東野對本格推理的持續專注與深入探索，稱他是亂步獎作家近年來的「模範生」也不爲過。

對我來說，東野圭吾的存在宛若令人迷惑的萬花筒。同樣是創作本格推理，論解謎，他並不像京極夏彥那樣刻意造作個人化的文風；論形式，他也不像山口雅也那樣強調理論性的變造。比起復古風格的傳承者二階堂黎人，他顯得膽大心細、勇於革新，而相較於前衛破壞者麻耶雄嵩，他卻是溫婉得令人安心，毫不刺眼……

也許，必須要細覽咀嚼過他的諸多創作後，才能夠體驗到東野時而中庸、時而突破，那千變萬化的眩奇魅力吧！

II

一九八〇年代，是日本推理的「本格不毛時期」。當時社會派風行了二十幾年，盛極而衰，逐漸落入風俗甚至官能描寫的窠臼。新一代創作者，如笠井潔、泡坂妻夫等本格先鋒則蠢蠢欲動，卻囿於文壇的寫實風氣而無法扭轉潮流。

在這個時期，以本格新人出道的東野圭吾，創作也屬傳統的解謎形式。強調殺人詭計、凶手身分等既有的推理元素，作品中經常會出現密室、暗號、不在場證明一類的橋段，以及中規中矩的謎團破解。

令讀者印象鮮明的，則是自《放學後》以降，早期的幾部作品都以學校爲背景，例如《畢業——雪月花殺人遊戲》和《學生街的殺人》。這是因爲東野當初投身推理創作，就是讀了小峰元《阿基米德借刀殺人》而感動——這部第十九屆的亂步獎作品，也是校園推理，由於題材特殊，曾引起相當熱烈的討論。

東野的校園推理，雖然讓他得到了讀者的支持，卻無法滿足個人的創作欲望。我認爲這個時期的東野，受小峰元影響甚深，尚沿著已存在的創作方向前進，儘管文筆日漸成熟，但還沒有走出自己的新路。

一九八七年，綾辻行人以《殺人十角館》開啓新本格浪潮，轉眼間，以建築物爲題材的推理小說塡滿書市。像我孫子武丸《8之殺人》、歌野晶午《長屋殺人事件》都是那時的話題作。東野也順應流行，寫了一本《十字屋的小丑》。

受到新本格浪潮的啓發與刺激，九〇年代的東野有了全新的改變。在一九九〇年發表的《宿命》，堪稱他創作上的一大轉捩點。

「犯人是誰？用了什麼樣的殺人詭計——這當然是作品中必須存在的謎團，但是，我還想再創造出其他形式的意外性。」東野圭吾在《宿命》的作者前言提及，「我最鍾情的意外性，要發生在故事的最後一行。」

事實上，觀乎東野十多年來的努力，的確可以發現他將全部心血都灌注在「最後一行的意外性」上。爲了達到出人意表的驚人閱讀效果，東野開始鑽研新本格時期盛行的「敘述性詭計」。

所謂的「敘述性詭計」，是指作者故意利用文字或劇情的模糊性與不確定性，在線索沒有公平提供的情況下誤導讀者，讓讀者難以推測出正確的謎底。它建立在某些原本意義曖昧不明的文字敘述，或情節安排方式上。這些敘述方式會導致讀者因個人過去的閱讀經驗而產生「自以爲理解作者之意」的心理結論，但作者正是利用這種「默契」欺騙了讀者。

這類詭計必須靠作者巧妙的文筆才得以隱藏，原本就不是建立在提供公平線索的基礎上，所以讀者在獲知謎底時，將感到極端地意外或錯愕。

綾辻行人和折原一，都是製造敘述性詭計的高手。不過，相較於這兩位作家較側重於文字或結構變化的處理手法，東野圭吾則獨出胸臆、另闢蹊徑。

對東野而言，推理小說絕不單是殺人詭計的發明，或鬥智的遊戲競賽，更是反應社會現況的文學作品。所以，東野比起其他本格派作家要更為重視「動機」，他將傳統推理中的「動機」和敘述性詭計交叉結合，無論是在《惡意》、《再一個謊言》、《單戀》等作品中，都可以讀到東野融合了精湛的推理技巧，卻又蘊含豐富的人性思索之特出表現。

不僅在情節上製造峰迴路轉的意外性，而人心複雜多變的突顯，讓他的作品蕩氣迴腸，有時感動於人心之溫熱、有時震懾於人心之邪惡。這是東野有別於其他推理作家之處。

III

《綁架遊戲》是東野圭吾二〇〇二年的嶄新力作，在他的作品群中，這是相當罕見的題材。儘管東野寫了很多本格推理，卻沒有寫過「綁架」，更少以倒敘手法——以犯罪者為主角來鋪展情節。我們又再度看到了東野無畏的嘗試。

事實上，「綁架」題材在日本推理小說中，除了天藤真《大誘拐》及岡嶋二人《99％的誘拐》外，處理得可圈可點的並不多見。這是由於綁架案必須描述到大批的警察行動、寫實而細膩的情報運用、老謀深算的鬥智過程，不像一般的推理小說只要鎖定人工謎團即可，所以難度非常高。

但新本格浪潮以後，密室殺人、建築物殺人、孤島殺人、附會殺人、敘述性詭計……許多題材已被玩遍玩膩了，但綁架仍屬少數。歌野晶午、蘆邊拓、貫井德郎等人都發表過一些綁架推理，東野圭吾自不可能落於人後，更甚者，東野並不循傳統手法，以遭到勒贖的家屬或偵探爲主角，卻是以綁匪爲主角。

人質在綁匪的影響下，逐漸認同綁架案——這是「斯德哥爾摩症候群」。失意落魄的上班族，利用蹺家少女的叛逆心理，企圖製造出「虛構」的綁匪集團，甚至說服人質一同參與，名之爲「綁架遊戲」。

然而，「綁架遊戲」並不只是個遊戲，而是牽涉了三億圓的眞實犯罪。自詡爲遊戲高手的上班族，該如何在只有一人之才智的情況下，力搏渾沌不明的警察團隊？東野以迫力十足的劇情推展，將故事的張力緊繃到最後一行。

直到最後一行。

不是遊戲，而是眞實人生。在《綁架遊戲》的最後一行，是唯有東野圭吾才製造得出的意外性。

本文作者介紹

既晴，本文作者爲推理小說作家。

國家圖書館出版品預行編目資料

綁架遊戲／東野圭吾著；陳岳夫譯. -- 二版. -
台北市：獨步文化，城邦文化出版：家庭傳
媒城邦分公司發行，2019〔民108.09〕
面；　公分. --（東野圭吾作品集；
02）
譯自：ゲームの名は誘拐
ISBN 978-957-9447-47-8（平裝）

861.57　　108013391

東野圭吾作品集02 綁架遊戲

原著書名／ゲームの名は誘拐
原出版社／光文社
作者／東野圭吾
翻譯／陳岳夫
責任編輯／簡敏麗（初版）、陳盈竹（二版）
編輯總監／劉麗真
總經理／陳逸瑛
榮譽社長／詹宏志
發行人／凃玉雲
出版／獨步文化
城邦文化事業股份有限公司
104台北市中山區民生東路二段141號5樓
電話：(02) 2500-7696　傳真：(02) 2500-1967
發行／英屬蓋曼群島商家庭傳媒股份有限公司
城邦分公司
104台北市中山區民生東路二段141號2樓
讀者服務專線：(02) 2500-7718; 2500-7719
24小時傳真服務：(02) 2500-1990; 2500-1991
服務時間：週一至週五上午09：30-12：00; 下午13：30-17：00
讀者服務信箱E-mail：service@readingclub.com.tw
劃撥帳號／19863813
戶名／書虫股份有限公司
香港發行所／城邦（香港）出版集團有限公司
香港灣仔駱克道193號東超商業中心1樓
電話：(852) 25086231　傳真：(852) 25789337
E-mail: hkcite@biznetvigator.com
馬新發行所／城邦（馬新）出版集團【Cite (M) Sdn Bhd.】
41, Jalan Radin Anum, Bandar Baru Sri Petaling,
57000 Kuala Lumpur, Malaysia.
電話：(603)90578822　傳真：(603)90576622
E-mail:cite@cite.com.my
封面設計／許晉維
排版／游淑萍
印刷／中原造像股份有限公司
□2019年9月二版
□2022年3月17日二版三刷
售價／399元

Printed in Taiwan

城邦讀書花園
www.cite.com.tw

獨步文化 APEX PRESS

廣　告　回　函
北區郵政管理登記證
台北廣字第000791號
郵資已付，免貼郵票

104台北市民生東路二段 141 號 2 樓

英屬蓋曼群島商家庭傳媒股份有限公司

城邦分公司

請沿虛線對摺，謝謝！

獨步文化 APEX PRESS

書號：1UE002Y　**書名**：綁架遊戲　**編碼**：

請於此處用膠水黏貼

獨步文化 APEX PRESS

讀者回函卡

謝謝您購買我們出版的書籍！

請費心填寫此回函卡，我們將不定期寄上城邦集團最新的出版訊息。

姓名：______________ 性別：□男 □女

生日：西元______年______月______日

地址：______________

聯絡電話：______________ 傳真：______________

E-mail：______________

學歷：□1.小學 □2.國中 □3.高中 □4.大專 □5.研究所以上

職業：□1.學生 □2.軍公教 □3.服務 □4.金融 □5.製造 □6.資訊

□7.傳播 □8.自由業 □9.農漁牧 □10.家管 □11.退休

□12.其他______________

您從何種方式得知本書消息？

□1.書店 □2.網路 □3.報紙 □4.雜誌 □5.廣播 □6.電視

□7.親友推薦 □8.其他______________

您通常以何種方式購書？

□1.書店 □2.網路 □3.傳真訂購 □4.郵局劃撥 □5.其他

您喜歡閱讀哪些類別的書籍？

□1.財經商業 □2.自然科學 □3.歷史 □4.法律 □5.文學

□6.休閒旅遊 □7.小說 □8.人物傳記 □9.生活、勵志 □10.其他

對我們的建議：______________

____

____

為提供訂購、行銷、客戶管理或其他合於營業登記項目或章程所定業務需要之目的，家庭傳媒集團（即英屬蓋曼群島商家庭傳媒股份有限公司城邦分公司、城邦文化事業股份有限公司、書虫股份有限公司、墨刻出版股份有限公司、城邦原創股份有限公司），於本集團之營運期間及地區內，將以mail、傳真、電話、簡訊、郵寄或其他公告方式利用您提供之資料（資料類別：C001、C002、C003、C011等）。利用對象除本集團外，亦可能包括相關服務的協力機構。如您有依個資法第三條或其他需服務之處，得洽詢本公司服務信箱cite_apexpress@cite.com.tw請求協助。相關資料不提供亦不影響您的權益。

□我已詳讀權利義務之相關條款，並同意遵守。

請於此處用膠水黏貼